#今夜全てを告白します

スターツ出版 編

装画
510
装幀
長﨑 綾
(next door design)

CONTENTS

#Konya subete wo kokuhaku shimasu

#今夜全てを告白します

ホンモノニセモノ

紀本　明

Akira Kimoto

…

◇

『今日も一日お疲れさまでした☆
ミウたんもめちゃ疲れたぁ！
みんながすてきな夢を見れますように……。
おやすみなさぁい』

そんな他愛もない内容をＳＮＳにつぶやいた途端、ほんの数秒でその投稿に【いいね】が押されていく。数分後にはいくつものコメントに百を超える【いいね】の数。どんどん増えていくインプレッション数。

コメント欄には『優しい～！　ミウたんもいい夢見てね』『ミウたんもおつかれさま！』『ミウたん大好き』など熱のこもったメッセージが送られていた。

私はとりあえず、先についたコメントから順番にせっせと返事をしていった。

投稿や返信がなかったり遅れたりすると、フォロワーさんたちが心配しちゃうからね。定期のつぶやきはもちろん、それ以外にも毎日投稿は欠かさない。

『ミウたんリプ速いのは嬉しいけど、無理しないでね』

一番に返したフォロワーから秒で来た返信に、私は思わず笑みがこぼれる。

返信なくてもあっても結局心配してくれるんだもん。

「みんなミウたんのこと好きすぎでしょ」

「ミウたん」は、私のアカウント名だ。

本名の鳥海《とりうみ》から海をとって、それを反対から読んで「みう」。たったそれだけのアカウント名だけれど、結構気に入っている。

フォロワーさんたちも「ミウたん」って呼んでくれるし、私も自分のことをミウたんと呼んでいる。

このアカウントでは、同じ女子高生からも、JK好き男子からも好まれるような現役女子高生の日常を投下していた。なんてことのないつぶやきから、ちょっと映えるものも取り入れて。

もともとお洒落に余念がない私は、ネイルやヘアスタイル、ファッションにはいつも気を使っている。顔出しこそしてないけれど、後ろ姿や服装をアップすることもよくあった。だから、フォロワーにはJK好きのおっさんぽいひともいるけれど、イマドキのちょっとお洒落なJKに憧れがあったり、お洒落を参考にしたりするためにフォローしてくれる女の子もいる。

フォロワー数は六千人を超えた。万アカまではまだまだ遠いけど、六千人だって十分すごいでしょ。クラスメイトなんかフォロワーが友達だけの子もざらだし、多くて数百人ってとこだもん。

まぁ、このアカは誰にも秘密だから、リア友には自慢できないのが難点だけど。いつかもっと人気になってリア友との間で「ミウたん」の話題が出たときには「それ、実はあたしなんだー」ってカミングアウトするのもアリだよねって密かに思ってる。

「ふふ」

そのときのリア友たちの驚く顔を想像しただけで顔がにやけちゃう。

そんな妄想を繰り広げている間にも、投稿にはリアクションが増えていた。

手の中の小さな四角いスクリーンの向こう、実体のない世界にいる自分へと注がれているであろう羨望のまなざしを想像して、私はうっとりとため息をついた。

◆

「あ、またアンチコメントついてるー……」

ネイルの写真を載せた投稿に、可愛くないとか似合ってないとか、ネイルするお金は親のだろとか、中傷する内容のコメントが複数来ていた。

フォロワーが三千人を超えたあたりからちょいちょいつくようになったアンチコメントには手を焼いている。基本スルーだけど、リプ欄でフォロワーさんと喧嘩が始まるのが厄介。

ブロックしても、つぎからつぎへと違うアカウントが現れるからやんなっちゃう。

「もー、しょうがないなぁ」

どんどんエスカレートするそのやり取りを見かねた私は仲裁コメントを書き込む。

『ミウたんのこと庇《かば》ってくれてありがとぉ(^^)

でもミウたんは、なんて言われようとフォロワーさんがいてくれるから大丈夫！

それよりも、フォロワーさんが喧嘩する方が悲しい(>_<)』

けれども、アンチコメントをしたユーザーとフォロワーさんの喧嘩は止められなかった。一度ヒートアップしちゃうと、いくらミウたん直々のお達しでもおさまらないのよね。

ま、一回仲裁しておけば、ほかのフォロワーさんから「冷たい」「放置プレイ」と後ろ指をさされる心配はないでしょう。

アンチまで現れるって、それだけ有名になった証拠だし、実は嬉しかったりする。

だって、興味を持たれないよりずっとマシ。

私は、知ってるから。

誰にも存在を知られることもなく、相手にされない寂しさを。

中学のとき、地味で目立たない生徒だった私は、クラスでも空気みたいに存在しないものとして扱われてきた。女子からも男子からも、先生からも見向きもされないあまり、自分が本当に存在しているのかわからないような、生きてるとはとても思えない時期もあった。

だから、今がとても幸せ。

だけど、もっと、って思う。

フォロワーさんと仲良くなりたいし、もっと沢山のひとに私の存在を知ってもらって、影響力のある存在になりたい。


もっと、もっと。

その欲求は、とどまるところを知らない。

まるで底なし沼のような泥濘《でいねい》に、私を誘う。

一度足を踏み入れたら抜け出せないってわかってるのに、入ってしまう。むしろ入りたい。どんどん入って、埋もれて。泥にまみれて、息もできない程に……。

「もっと……もっと、ちょうだい」

アンチでも構わない。

もっと、私を見て、知って、そしてうらやんで。

◇

いつ頃からだろう。

私のなりすましアカウント——偽アカが現れた。

アイコンの写真も同じで、私が変えればすぐにそのひとも変えてきて、そのひとのタイムラインには私の写真を転載して使った投稿や似たような投稿がされている。言葉遣いや私が普段使う顔文字も真似していて、私が見てもそのアカウントはまるで「私」だった。

その偽アカに気付いたフォロワーさんたちが、私を心配してそのアカウントを通報してくれたり、非難するコメントを送ったりしてくれていたからか、不思議と嫌悪感や怒りはなく、そのとき感じたのは「私も有名になったなぁ」くらい。

ある種、怪我の功名と言えなくもない。

その偽アカは、私のフォロワーさんからの攻撃的なコメントにもあくまで「ミウたん」として接している。変に揉めて「ミウたん」のイメージを落とすこともないし、私に絡んでくることもないので害はない。だから私はブロックもせず、見守ることにした。

それに、正直使えるって思ったんだよね。彼女が居るおかげで、フォロワーさんが心配してくれるし、一部の子からは『なりすまし現れるなんてミウたんすごっ』って尊敬されてるんだ。

私の承認欲求を満たすためにも、もう少し働いてもらえばいいやって。

そう思ってたけれど——。

「え……、なに、これ……?」

久しぶりにタイムラインに上がってきた偽アカの投稿が目に入り、私は驚愕した。

『最近、ミウたんの偽アカが現れたみたいなの(>_<)
みんな間違えて【いいね】したりしないように気を付けてね!』

目を疑うってこのことだ。

急に、なんなの。今まで、本物《わたし》のことなんて見向きもしなかったのに。

自分のタイムライン上で、私の方が偽アカだと自分のフォロワーに注意喚起を促しているではないか。

「いやいや、偽アカはそっちだし……」

投稿を目にしたとき、私の中から沸き起こったのは、怒りよりも漠然とした恐怖だった。顔も名前も、性別も年齢も、なにひとつ知らないひとりの人間が、同じくなにひとつ知らない相手に対して向けてきた明確な悪意に、私は恐怖した。

通報しなきゃ……。

そう思って、プロフィールに飛んだ私は、更に打ちのめされる。

「う……そ……」

久しぶりに目にした偽アカのフォロワー数が、いつの間にか私のそれを超えていたのだ。信じられない出来事に、心臓がどくどくと早鐘を打ち始めた。

タイムラインやリプ欄でのやり取りを見てみれば、

『偽アカもここまで完成度高いと逆に清々しいわー』

『もう、フォロワー数も本物超えてるしね』

『下剋上《げこくじょう》で草』

などと、偽アカを賞賛する声が多数。

『ミウたんはひとりだけ！』

『ニセモノは所詮二番煎じ。本物にはなれねー』

と、本物《わたし》を擁護する声もあった。

私の味方をしてくれているひともいて、ほんの少し安心できたものの、胸の中はざわざわと騒がしい。胸の鼓動は依然速くて、どっどっどっどっと、中から私を叩いている。

「と、とりあえず、通報……」

スマートフォンを持つ手がふるふると震えて片手では上手くタップできなかった私は、両手でスマートフォンを支えてどうにか通報し終えた。

運営がどう判断してくれるか、ゆだねるしかないけれど……。

はたして私は、私が本物だということを証明できるのだろうか……？

と、考えてもうひとつの疑問が頭に浮かぶ。

――ホンモノって、なに？

この実体のないネットの世界で、ホンモノとかニセモノとか、どうやって証明するの？
ピコン、とＤＭの受信音がして私は急いでタップする。

『ミウたん、偽アカ見た？
なんか向こうが本物でミウたんがニセモノって言ってるけど……
大丈夫？　ミウたんからフォロワーさんに
偽アカの通報をお願いしたほうがいいんじゃない？』

同じ女子高生インフルエンサーのフォロワーさんからのメッセージだった。
なんで思いつかなかったんだろう！
その手があったじゃん！
私は急いでその子にお礼の返事を送ってから、フォロワー向けにつぶやきを投下した。

『【拡散希望】

みんな、どうしよう！
私の偽アカが
突然、私をニセモノだと言いはじめました(>_<)
怖いよぉ……。
もしみんなも見つけたら通報してね』

投稿した瞬間、増えていく数字。

早速拡散してくれて、コメント欄にも心配して励ましてくれる声と『通報してきた！』『通報したよ！』という声が次々に寄せられている。

「これでもう大丈夫……」

胸の中の不安が少しずつ和らいでいくのを感じた。

◆

「なんかいいことあったー？」

朝食を食べているとき母にそう言われ、「わかるー？　ちょっとねー」と返した。

事実、気分がいい。

なんでって、なりすまし騒動が少し落ち着いてきたからだ。

フォロワーさんは以前にも増して優しくなったし、投稿に対するリアクションも段違いに増えた。

突然攻撃してきた偽アカは、私のフォロワーさんたちからの通報で凍結されるかもと思ったけれど、今もまだ凍結されていないままだった。

けれど、私が見る限り、偽アカはだいぶお怒りのご様子。

自分が本物だと声を大にしてつぶやきまくっているし、彼女のタイムラインには私への牽制《けんせい》やフォロワーへの注意喚起が絶えない。

普段の投稿もおろそかになったせいか、私より多かったフォロワー数も少しずつ減っていって、今では私の方が断然多くなっている。

バカね。

そんなに目くじら立てるなんて。

それじゃぁ「自分がニセモノです」って自分で言っているようなものじゃん。

私は、ニセモノだって言われたって全然気にしない。言いたいやつには言わせておけばいい。

フォロワーさんは、私を信じてついてきてくれているから大丈夫って思うようにしたの。

もちろん、偽アカのフォロワーが私に攻撃してくることもあるけれど、そんなの即ブロすればいいだけだから。

「スマホ見てにやにやしてー！　彼氏でもできたのー？」

「違うって、もっといいこと！　じゃ、行ってきまーす」

鬱陶しい絡みから逃げて私は学校に向かう。

その道中もずっと右手にはスマホ。

投稿に寄せられたコメントをチェックして、そこからいくつかピックアップして返事を書き込む。電車に乗ってからも、次につぶやくネタ探しやタイムラインに流れてきた気になるアカウントを見て回るのが日課。

それと、お気に入りのネイルサロンを見つけたから、フォローして作品を見るのにもハマってる。お気に入りのデザインがあったら、保存して次のネイルにしてもらうの。

ほかにも、お洒落なカフェや可愛い雑貨屋さんのアカウントもフォローして、ネタ作りには余念がない。

最近は、偽アカを気にするよりも、もっとフォロワー数を伸ばす方向に意識が向いていた。

だって、あと五百人でフォロワーが一万人になるんだもん。

少し前まで数千人で喜んでたのが嘘みたい！

私がつぶやけば、約一万人のタイムラインに表示されて、少なくともそのうちの数百人が【いいね】を押して共感してくれる。

私に憧れて真似をする人もいれば、私をうらやんで羨望のまなざしをむけている人もいる。

このSNSの中の私は、それほど注目されているし、影響力もあるの。

私はずっと、みんなから人気の女子高生インフルエンサー「ミウたん」でありたい。

ただそれだけが、今の私の願望だった。

◇

偽アカに動きがあった。

これまで、私の投稿する写真をそのまま転載していたのに、ここ最近、自分のものなのか、それともほかの誰かのものなのかはわからないが、私の物ではない写真を載せたつぶやきをするようになった。

とは言っても、これまで私がしてきたような可愛い雑貨やファッション、ネイルを載せているだけで、投稿が「ミウたん」なのは変わらない。

依然として話し口調や顔文字などは私と変わらないそれだった。

『偽アカのくせに独り立ちしてない？』

『ミウたんは気にする必要ないからね！』

『そうそう、私たちにとってはミウたんが本物だから！』

偽アカの動向の変化に気付いたフォロワーさんたちが、投稿にコメントを残してくれる。それだけで私の気持ちは少しだけ上向きになれた。

けれど一方で、

『なんか、どっちフォローすればいいのかわかんなくなってきた』

『もはやどっちが本物かわからん……』

『どっちも中のひとが同じだったりしてー』

『え、自作自演てこと？　病みアカじゃん』


という、コメントも増えてきていた。

でも、気にしない。

フォロワーさんたちがいてくれるから、大丈夫。

そう言い聞かせていた矢先の出来事。

偽アカの投稿した写真に目が留まる。

それは、なんてことのないネイルの写真だった。

私の目は、偽アカのネイルを撮った写真ではなく、一緒にアップされた店内を写した写真に釘付けとなる。

見覚えのあるそれは、私がよく行くネイルサロンの店内とそっくりだった。

急に、心臓が早鐘を打ち、全身の血が逆流するような感覚に陥った。

「あ、系列店舗かも……」

そう思って、私は急いでいつもお世話になってるネイルサロンをググる。すると、どうやら系列店が三店舗あり、いずれもN市内にしかないようだった。

「同じ市内……」

その近さにぞっとするも、たまたま似た内装なだけかもしれないじゃん、と自身の恐ろしい想像を打ち消すべく、もう一度投稿された写真をよく見てみた。

人差し指と中指を使って写真をズームすると、サロンの窓にある貼り紙の文字がはっきりと読めた。

『ネイルサロン〇〇N市O町店でネイリスト募集中！』

O町店は私が通っているネイルサロンだ。

震える手で、私は偽アカのほかの写真を見た。

「これも……、これもそう……」

探しているうちに、いくつかの写真で私が実際に行ったことのあるお店やカフェと思しき背景が見つかった。それらは、知ってるひとじゃなければきっとわからないほどのものだったが、あきらかに私の生活圏内だ。

これじゃ、まるで……ストーカーみたい……。

「い、嫌っ！」

言いようのない気持ち悪さに、私は思わずスマートフォンを手から放り投げてしまう。

あれほど楽しくて大好きだったSNSの世界が、途端に輝きを失って得体の知れない恐ろしいものに変わってしまった——。

◆

ここ最近、誰かに見られているような気がする。

通学路を歩いているときや学校にいるときなど、ふとした瞬間に視線を感じた。

それは気のせいと言われれば気のせいなのかもしれない、くらいの感覚だったけれど、これまでに感じたことのないものでもあった。

きっと、偽アカのことがあって、神経質になっているだけ。

さすがに、SNS以外でなにかしてくるなんてことないって。

そう思って気にしないようにしていたある日の下校時刻、校門に向かって歩いていたときのこと。


「――あの、すみません」

と、ふいに後ろから声をかけられて、体がビクついた。持っていたスマホが手から滑り落ちそうになり、ぎゅっと握りしめる。

「え？　私、ですか？」

振り向くと、なんとなく見たことがある女子生徒が立っていて「驚かせてごめんね」と申し訳なさそうに謝られた。

記憶を辿り、委員会が同じ先輩だと気付いたけれど、名前も知らないし、喋ったこともないひとがなんの用だろう、と首を傾げた。

「もし違ってたらごめんなんだけど……」

そう躊躇《ためら》いがちに言って、彼女はスマートフォンの画面を私に見せてきた。

「これって、あなただよね？」

これとは、「ミウたん」だった。見慣れたプロフィール画面に、私の心臓がどくんっと跳ねる。

「え……、なん、で……？」


なんで？

どうして、このひと、気付いた？

てか、聞いてどうするの？

どういうつもり？


疑問が浮かんでくるのと同時に、ここで「そうです」って肯定するのかしないのか、どうするべきなのかという判断に迫られる。

「実は、前に委員会で見かけたときに、そのときのミウたんと同じネイルだったのに気付いて、それから気になっちゃって！　背格好も髪型も同じだったからもしかしたらーって思って！」

先輩は興奮気味にそう言い切った。

スマートフォンを胸に握りしめ、目を輝かせるその姿はまるで憧れのアイドルを前にしたファンそのものだった。

すごい……、嬉しい。

今までSNSの中でしか得られなかった喜びが、羨望の眼差しが現実世界でも与えられるなんて……。

しかも、こうして対面でダイレクトに向けられる他人からの『好意』というのは、なんて快感なんだろう。湧き上がる歓喜が体中を駆け巡り、まるで体が浮いているみたいにふわふわする。

「あ……、実は、そう、なんです！　私が、ミウたんです」

「やっぱり！　あーよかった！　ひと違いだったらどうしようかと焦った！」

心底嬉しそうに笑う先輩の顔を見て、私まで胸が高鳴って笑顔がこぼれた——のもつかの間、先輩は思いがけないことを口にした。

「やっと見つけた！　——私のニセモノ！」

腕を掴《つか》まれて、引っ張られた。転びそうになり、踏ん張った拍子にローファーが滑ってざりっと音を立てる。

「え……？　にせもの……？」

あまりに突然の事に、動けなかった。

先輩は目を見開き私に迫る。その顔は、さっきまで嬉々として頬を赤らめていたそれとは真逆の顔をしていてもはや別人だった。

向けられたことのないくらい凄まじい『悪意』。そのあまりの恐ろしさに頭が警告を鳴らす。


動け、逃げろ！

頭はそう命令するのに、体が動かない。それどころか、膝は震え、手にも力が入らず、スマートフォンが滑り落ちていった。


すっ、と視界が陰る。

なんだろう、と見上げた先で、先輩が腕を頭上に掲げていた。そして、次の瞬間、その手に握られているそれがなんなのかを理解した私は、目を見開きおののく。

刃先がむき出しになったカッターナイフだった。

それは、一瞬の事。

「――このっ、ニセモノがぁっ」
「いやあぁぁぁぁぁ――――！」

太陽の光を受けてきらりと光るそれは、かけらほどの躊躇いもなく、一直線に私めがけて振り下ろされた。

『――……えー、次のニュースです。昨日午後四時頃、T県N市の公立高校で女子生徒が刃物で切りつけられる事件が起こりました。容疑者は同高校に通う十七歳の少女で、被害者との面識はないものの、SNSを通じて一方的に恨みを抱いていた模様。少女は、SNSから被害者の身元を突き止めたと供述しているとのことです。なお、被害に合った女子生徒は全治一カ月の重傷を負いましたが、命に別状はありません』

『いやぁ、怖いですねー！　今はいつどこで誰に見られているかわかりませんからね』

『皆さん、顔が写っていないからと、安易にSNSに写真を投稿してはいけませんよ』


病院の一室、昼のワイドニュースでペラペラと喋るコメンテーターの声を、私は他人事のように聞いていた。

顔は包帯でぐるぐる巻きにされていて、かろうじて鼻と目だけが空気に触れている。

切りつけられたのは、顔だった。

執拗《しつよう》に顔だけを狙われたものの、目が無事だったのは不幸中の幸いだと医者に言われた。

だけど、傷跡は残ると言われた。

ずきずきと痛む顔を包帯の上からそっとさすっていると、ふと疑問が頭に浮かぶ。

どうしてこんなことになったんだろう……。

みんなの憧れの的だったから……、そうじゃないひとたちからうらやましがられて妬まれた？

きっとそうよ、私を襲ったあの女も私がうらやましくて仕方がなかったに違いない。


——このっ、ニセモノがぁっ！

目を見開いて、ものすごい形相で襲いかかってきたあの女の声が頭に響く。急に怖くなった私は目をぎゅっと閉じて、布団の上で握りしめたこぶしで太ももを何度も叩いた。


ニセモノって、なによ！

私がミウたんなのに！

ニセモノはあいつ！

どうして、私がこんな目に合わなきゃいけないの！

私が、ホンモノなのに！

荒ぶる感情のまま、私はスマートフォンを探すも、警察に証拠として持っていかれていたのだと思い出す。目が覚めてから、何度も探しては思い出して、を繰り返していた。

早くスマートフォンを返してほしい。SNSが見たい。

私のアカウントは、どうなっているだろうか。

偽アカは、どうなったのだろうか。

フォロワーさんたちは、私を心配しているに違いないから早く投稿して安心させてあげないと……。

スマートフォンが手元にないだけで、SNSが見れないだけで、足元がぐらぐらと揺れているような、不安定な気持ちになって仕方がなかった。

——コンコン
ノックの音とともに病室のドアがスライドして、スーツを着た女のひとが入ってきた。昨日、病院で目を覚ましたときにいた警察官だ。

「こんにち——」

「あ、あのっ、私のスマホ返してください！」

縋《すが》るように叫んだ私を、目を丸くして見つめて、そのひとはベッドの横の椅子にゆっくりとした動作で座った。

「ごめんなさいね……、まだ確認が終わってないの」

「あの女は⁉　犯人は、なんて言ってるんですか？」

「……あなたに自分のなりすましをされて、それを恨んでの犯行だって言ってる」

「違う！　なりすましはアイツよ！　アイツが私の偽アカなのよ！」

昨日も私が本物だって言ったのに！

また同じことを繰り返すだけの目の前の警察官に腹が立って、睨《にら》みつけた。

「警察の方でもアカウントを確認していますが……、アカウントの登録日や写真の投稿を見ても、すべて容疑者のアカウントの方が早いのが事実です……」

どうして誰も信じてくれないの！

私は、そのことに強い憤りを感じて、声を更に荒げた。

「私が本物なの！　ねぇ、わかるでしょ！　私の方がフォロワー数も多いし【いいね】の数だって——ひっ……うっ……」

「えっ、大丈夫ですかっ⁉」

急に、息が苦しくなった。

ひゅーひゅーと喉が鳴って、視界がどんどん狭く暗くなっていく。

「どうしました⁉」

「あ、急に苦しみだして！」

ナースコールで呼ばれた看護師が私の顔を覗き込む。

「過呼吸かな？　すこし横向きましょうか」

あたたかい手が、私の背中を優しくさするように押して横向きにしてくれる。

「落ち着いて息を吐きましょう。さぁ、もう大丈夫ですよ、冴島さん――」

そう呼びかける落ち着いた声を、私は意識のはるか遠くの方で聞いていた。

そして彼女は姿を消した

結木あい
Ai Yunoki

…

［とある記者のブログ］

都内在住の藤堂咲良《とうどうさくら》さん（二四）が一か月前から行方不明になっている。十一月一日に、無断欠勤が続いていた咲良さんの自宅を上司が訪問。その後、彼女の不在が発覚した。

咲良さんの失踪は、彼女の親族が捜索届を出し、実名を公開して大々的な捜索活動を行ったことから世に知れ渡ることとなった。

なお、咲良さんは以前から特殊なストーカー行為を受けていた可能性があるという。我々取材班はそれがＳＮＳを使った『サイバーストーキング』ではないかとの見方を強め、咲良さんの行方を突きとめることを最優先に調べを進めている。

もし、失踪した咲良さんについてなにか情報をお持ちの方がいれば、当ブログのお問合せフォーム、または下に記載したメールアドレスまで連絡を求む――

［十月二日］

初秋の夕暮れ。

ほんのりと冷えた風が、残暑を奪い取るようにして吹き付けた。

遠くの方から焼き魚の匂いがする。ガタンゴトンとやかましい音を立てて横を通り過ぎる電車に、舌打ちをひとつ。街に染みついた生活感は、意味もなく咲良を不愉快な気持ちにさせる。

そうして人通りの少ない路地に入った瞬間、咲良はふと足を止めた。ありえないものを視界の端に捉えたからだ。

おずおずと近寄って目を凝らしてみるが、やはり見間違いなんかじゃない。

――道路の真ん中に、苺のケーキが落ちている。

「……なんで？」

思わず、そう口に出た。むしろなんで、という言葉しか出てこない。

どこにでも売っているような、なんてことないカットケーキが道に落ちているのだ。落ちている、という表現が正しいのかどうかもわからない。つやつやの苺が食欲をそそるケーキが、倒れることも崩れることもなく、コンクリートの上にのっている。

珍妙な落とし物を前に、咲良は数秒フリーズし、もう一度「なんで？」と呟いた。

固まった視線はケーキを見つめたまま、手が自然と鞄へと伸びる。そして乱雑に入っていたスマホを取り出し、カメラのシャッターを押した。

――カシャ。

都会の道に落ちたケーキの写真はなんともアンバランスで、合成写真のようだった。

『やばい、道にケーキ落ちてたんだけど』

短い文を打ち込み、咲良は写真と一緒にSNSへと投稿した。

するとすぐさまスマホが点滅し、軽快な通知音が鳴る。

SNS――『PRY』の利用人口はいまや五億人を超えたという。『PRY』の利用目的は人によってさまざまだ。なんてことない日常を発信することはもちろん、国境を問わず不特定多数の人と交流することだってできる。その気軽さが売りとなり、若年層を中心にどんどん利用ユーザーが増えていった。

ピロン、ピロン、ピロン、ピロン……咲良の投稿に対し、鳴り続ける通知。咲良はそれらを、目を見開いて見つめ続けた。

先程までの不愉快な気分はとうに消え失せ、いまは不思議な高揚感が咲良の胸を占めている。伸びろ、伸びろ、もっと拡散されろ――しかし咲良の興奮は、リプ欄を開いた瞬間すうっと冷めていった。


『なんでケーキ?』

『うわ、ほんとに落ちてる』

『もったいない』

『いやおかしいでしょ、ヤラセなのバレバレ』

『つか食品サンプルじゃね』


数分で何件かついたリプライは、好意的なものよりも、事実を疑うものが多かった。

冷静に考えればあたりまえの反応だと咲良はうなる。

ケーキが綺麗すぎるのだ。ついさっき冷蔵庫から出したかのような苺のケーキが、道の真ん中に落ちているなんて普通に考えてありえない。もし咲良がこの投稿を目にしたとしても、投稿者の自作自演を疑ってしまうだろう。

それでも、本当にケーキは咲良の目の前に落ちている。

どうすれば証明できるだろうと顔を曇らせていたそのとき、とあるリプライがついた。

『それ、ストーカーじゃない？』

――ストーカー？

物騒な言葉に思わず目を奪われる。

すると、続けてリプライが届いた。

『わざと変なものを落としてSNSに投稿させて、アカウントとか生活圏を特定する手口があるんだって』

『ケーキがもし本物ならさ、絶対ピンキーの近くにいて、見てるでしょ。犯人』

スマホに表示された文字列の意味を理解した瞬間、どくんと心臓が鳴った。

すぐさまリプライを引用するかたちで返信を打ち込む。

『それって、私のアカウントを特定するために誰かが落としていったってこと？　そんなことありえるのかな？』

咲良の引用に対し、続々と届くリプライを流し見する。

『ＰＲＹって個人情報のかたまりだからな』
『ねえ、周りに誰もいないの？　誰かいたとしたらそいつが犯人じゃない？』
『いや犯人さがしより先にこの投稿消した方がいいだろ』

――アカウントを特定するために、わざと変なものを落としていく。

線路から聞こえるけたたましい踏切音が、速まる咲良の心音と重なる。やがて通り過ぎた電車の風圧がそうさせたのか、それとも残暑のせいか、ケーキの生クリームがたらりと溶けていた。

［十月三日］

次の日起きると、昨日投稿した落としもの写真の閲覧数が少しだけ増えていた。

新たにリプライを送ってきたのは仲の良い身内アカウントのみであり、その全てが〝咲良のアカウントを特定しようとする第三者〟への恐怖や咲良を心配するもので埋まっていた。

「はぁ……」

投稿に対する反応を一通り見終えて、大きなため息をつく。

そのまま、咲良は床に脱ぎ捨てられていたスカートを手に取った。

サテンのマーメイドスカートと、薄紅色のカーディガン。そして、小指にきらりと光るピンキーリング。これらは咲良が〝ピンキー〟になるための装備品だ。

三年前、大学生だった咲良は就活に失敗した。何社受けたかなんて、もはや覚えていない。

結局今はフリーターとしてバイトをかけ持ちし、安月給でこき使われている。

そんな咲良にも、唯一の趣味と言えるものがあった。それが、『ＰＲＹ』への投稿だ。

ＰＲＹ上で、咲良は二十歳の大学生という設定になっている。真っ白な肌に艶やかな黒髪がよく映える、まだあどけなさが残る女の子。

田舎で暮らす両親の反対を押し切って東京に出てきたため、家賃や生活費などは全て自分で賄っている——というのももちろん設定だ。

ピンキーというハンドルネームは、今も小指にはめているピンキーリングからとった。リングはアメジストが埋め込まれた奇抜なデザインで、自撮りをするときは必ずこのリングが目立つように映している。

PRYにいる数百人のフォロワーは、咲良が引きこもりがちのフリーターであることを知らない。同じ都内に住む両親から縁を切られていることなんて知らない。カップラーメンのゴミと生活費の督促《とくそく》状に囲まれて生活をしていることなんて、知る由もない。どうしようもない咲良の孤独を紛らわしてくれるのは、PRYだけだった。

カタカタと揺れる膝の振動で、テーブルの上に置いたゴミが落ちる。考えごとをしていると無意識に出てしまう貧乏ゆすりを止め、咲良は再びPRYを開いた。

『みんな、昨日はコメントいっぱいくれてありがとう。私は大丈夫だよ！』

数枚撮ったなかで一番盛れている自撮りを添えて、アップする。

すると五分後、投稿に対するリアクションが二件だけ届いた。その後はなにも反応なし。

「あーもう、どうやったら伸びるの……?」

咲良の目的は、PRYで注目されることただひとつ。

しかしそれがなによりも難しい。

映える写真を載せようと、PRY上で上辺だけの仲間を作ろうと、なかなか咲良の投稿は伸びてくれない。

咲良はただ、日本中、いや世界中の人にピンキーを見てもらいたいだけなのに。

二件だけリアクションがついた先程の投稿をもう一度見返して、咲良はとある人物にダイレクトメッセージを送った。

『昨日のことだけど』

『なんで落としていったのがあんなものだったの? 一応投稿したけど、自演疑われたじゃん。しかも謎にストーカー説まで出て、変な空気になったし』

初期設定のままの人型アイコン〝田中〟に送ったメッセージは、数十秒後に既読がついた。

すぐさまチャットのステータスが入力中に変わり、ピロンと返事が届く。

『ごめん、東長崎の路地に映えるものを落としといてってピンキーが言ったから、できるだけ目立ちそうなものをスーパーで探して……』

『もういいよ。ケーキはすぐに片付けた？　誰にも見られてない？』

『うん……誰にも見られてない』


田中からきたメッセージに小さく息をつき、目を閉じる。

田中は、咲良がアカウントを開設した初期からいる古参のファンだ。少なくとも、田中は自身のことをそう名乗っている。

咲良が頼めばなんでもやるし、ＤＭを送ればすぐに返事がくる。昨日の〝落としもの〟も、咲良が田中に頼んで仕込んでもらったものだ。

もちろん自分で用意する方が楽ではあったのだが、咲良は最近、己の発想力に限界を感じていた。最近どうにも投稿が伸び悩んでいたため、自分では思いつかないような面白おかしい落としもの写真をアップして注目を浴びようと思ったのだ。――落ちていたのがまさか、本物のカットケーキだとは思ってもみなかったが。


『ケーキはちゃんと、ピンキーから連絡がきた三十分後に片付けた……』

これも、咲良が頼んだことだった。

姿を見られないよう、咲良が立ち去った三十分後に田中に連絡を入れたのだ。

なんでも言うことを聞く田中の存在は咲良にとって利用しがいのあるものだったが、正直従順すぎて気味が悪いのも事実だった。

性別も、年齢も知らない。そんな得体の知れない人間から向けられる親愛ほど、怖いものはない。だから、咲良は田中に〝自分の素性〟が割れることだけはなんとしても避けたいと思っていた。

絶対にリアルでは会わないし、連絡も必要最低限しかとらない。それでも、田中は文句ひとつ言わずに咲良に従った。接触する可能性がある頼みごとをしたのは今回が初めてのことだったが、それも田中の異常な執着心を信用した上での行動だった。田中は、咲良に嫌われることをなによりも恐れている。だからこそ、咲良が「するな」と言ったことは神に誓ってでもしないと思ったのだ。

『とにかく、またなんかあったら頼むから。でも昨日みたいにおかしなことはしないで』

『わかった……でも、ピンキーなら、こんなことしなくても、有名になれるよ』

田中から届いたメッセージに眉をひそめ、舌打ちする。一体何様のつもりなのだろうかと、細かい貧乏ゆすりが止まらない。


『こんなこと？　なにが？』

『目立つために、投稿を捏造《ねつぞう》したり、色々……』

『自分で用意したわけじゃないんだから捏造じゃないじゃん』

『それは、そうだけど……』

『てか、私のやり方に口出ししてくんのやめてよ。そうやってグチグチ言われるくらいなら切るから。じゃあね』

『待って、ごめん！　うそだから』

『ほんとにごめん、切るとか言わないで。ピンキーが心配なだけなんだ』


文面から、田中の焦りが伝わってくる。やはり田中にとって一番嫌なことは、咲良から見放されることなのだろう。


『ごめん……ゆるして』

『ピンキーのお願いならなんでも聞く。なんでもするから』

なんでもするから。田中がよく使うフレーズだ。

こういうところすら気持ち悪いと思ってしまうが、目的のためなら、なんだって使ってやる。

なんとしても、ピンキーを有名アカウントにしてやるんだ――。

小さくそう呟いた咲良は、田中のメッセージに返事をしないままスマホ画面を閉じた。

［十月八日］

最初の異変は、ささいなものだった。

バイト中、いつの間にか届いていた一件のＤＭ。


『ずっと見てるよ』

『バイトお疲れさま』


送られてきていたそのメッセージを見て、思わずぞくりとする。

知り合いが間違えて送ってきたものだろうか、とプロフィール画面へと飛んでみるが、違ったようだ。

ハンドルネームは〝名無し〟で、フォローしている人も、フォロワーもいない。見た感じ、ただの捨てアカウントのようだった。

――なにかの嫌がらせ？

嫌がらせにしてはたちが悪いそのメッセージを斜め読みし、すぐさま削除する。

しかし数時間後、削除したはずのＤＭ部屋が復活し、新しいメッセージが届いていた。

『無視しないで』

『ピンキー、好きだよ』

『黒いスキニーに、黒いパーカー』

『この前着てたの、似合ってた』


今回は、先程と違って四件立て続けにメッセージが送られてきていた。

ぶっきらぼうに投げられた「好きだよ」という言葉に背筋が冷えるが、それよりも気になるのは二件目以降の文だ。

黒いスキニーに、黒いパーカー。これは、数日前に咲良が着ていたものと一致する。

「はは……こわ」

思わず、半笑いのひとりごとが出てしまった。

ただの偶然だろうか。

しかしこの服で外に出たのは、確かケーキの落としもの写真を投稿した日だ。

――それなら、これを送ってきたのは。


『ねえ、捨てアカでメッセージ送ってきてるのってあんた?』

気が付くと、咲良は田中にDMを送っていた。

数十秒後、いつものように素早く既読がつき、返事が届く。

『ピンキー！　久しぶり、連絡うれしい』

『そういうのいいから。変なDM送ってきてるよね？　なにあれキモいんだけど』

『そんなことしないよ』

『うそ、約束やぶって私の姿見たんでしょ』

『見てない、ピンキーとの約束やぶるなんて、そんなことしない』

『じゃあ誰なの、あのDM。あんたしかありえなくない？』

あの日、咲良の姿を見ることができたのは田中だけだ。

約束を破って咲良の姿を見るという禁忌《きんき》を犯したことには心底腹が立つが、もし本当に送り主が田中ならブロックすればいい。そう思いながら返信を待つと、十分ほど遅れてメッセージが送られてくる。

『どんなDMが届いたの？』

田中の返事に一瞬戸惑い、先程スクショした四件のDMを転送した。

すると、今度は五分後に返事が届く。

『これ……ピンキーのストーカーだよ。絶対そうだ』

『ストーカー？』

『あの日、ケーキをわざと落とした日、誰かがピンキーを見てたんだ』

誰かが見ていた。

そんな偶然ありえないと思いつつも、田中の一言に、嫌な悪寒が走る。

『じゃあ……この名無しって、本当にあんたじゃないの？』

『うん、違う。こんな怖いことしないよ』

もし〝名無し〟が田中じゃない第三者だとしたら——そう考えると、急に恐ろしくなってきた。

確かに、あの日は周りを確認することなくそのまま帰宅した。

ケーキは田中が処理するはずだったし、そもそもあの落としものは咲良が頼んで用意してもらったものだ。

自作自演を疑われたが、まったくもってその通りなのである。

だからこそ、フォロワーが言うストーカーなんてものの存在は思考から除外していた。

――でも、これ……もしかして使えるんじゃない？

得体の知れない恐怖のなか、咲良の耳元で誰かがそうささやいた気がした。


『大丈夫？　怖いよね、ピンキー』

『ストーカーなんて、本当に怖い』

『ピンキーを守るためなら、なんでもするよ。だから、なんでも言ってね』

立て続けに届く田中からのメッセージがわずらわしい。今はお前なんかに構っている場合ではないのだと、流れるような動作で田中のＤＭをミュートする。

そのまま咲良は思いついたままに投稿画面を開き、先程スクショした〝名無し〟からのメッセージを貼りつけた。

『無視しないで』

『ピンキー、好きだよ』

『黒いスキニーに、黒いパーカー』

『この前着てたの、似合ってた』

改めて見返してみても、ゾッとする文章だ。

こうして見てみると、最初に送られてきていたメッセージも消さずに保存しておけばよかったと後悔する。

しかし悔やんでいる暇なんてない。すぐにでも、この気味の悪いＤＭを発信しなければ。


『先日、少し変わった落としもの写真を投稿したんですが……その数日後に、こういったＤＭが届きました。これは、写真を投稿した日に着ていた私の服装と一致します。ストーカーなんてありえない、そう思っていましたが、やはりどこかから見られていたようです。その日はそのまま直帰したので、今は家を特定されていないかということだけ心配しています。皆さんもどうかお気をつけください』

滅多に書かない長文を添え、送り出した投稿。

その投稿は瞬く間に一件、二件と拡散されていく。

『うわぁ、やっぱり特定されちゃったんだ！』

『え、怖すぎるんだけど』

『ＰＲＹの投稿って、写真から個人情報、読み取れるんだっけ』

『アップしてる写真、全部消そ！』

『もう手遅れだろ。乙』

『とりあえず〝名無し〟のアカウント通報してきました』

『ブロックした？　てかピンキーのアカウント、鍵かけた方がいいんじゃない？』


引用リプライが届くたびに、投稿の閲覧数とリアクション数が伸びる。

今までとは違う、ケタ違いの伸び方だ。

——なんだ、こんな簡単なことで良かったのか。

これなら、ひょっとすると万バズを狙えるかもしれない。きっとみんな、自分とは縁遠いところにある恐怖や不安が好きなのだ。どうしてもっと早くに気が付かなかったのだろうか。

投稿の閲覧数が増えるほど、アカウントの注目度も上がる。有名になれば、〝ピンキー〟の存在をみんなに知ってもらえる。

『ずっと見てるよ』

つい先程まで恐ろしく思っていた〝名無し〟からのＤＭが、いまでは暗闇に差す一筋の光のように感じられた。

［十月十四日］

六日前にした注意喚起の投稿はあのあと、咲良が予想だにしなかった伸び方をした。数百万人のフォロワーを持つ俳優が、咲良の投稿にリアクションし、なおかつ引用投稿したのだ。

そのおかげでピンキーのアカウントは面白いほどに拡散され、一時はス、ト、ー、カ、ー、がＰＲＹ上のトレンドワードに上がるまでになった。

気分がいい。正直、こんなにうまくいくとは思っていなかった。

咲良は鼻歌まじりで薄紅色のカーディガンを羽織り、ピンキーリングを小指につけた。

ピンキーの代名詞であるアメジストのピンキーリングを、見せつけるようにして自撮りをする。

――カシャ。

「また〝名無し〟から届きました……っと」

そしていつものように自撮りを貼りつけ、数枚のＤＭ画像と一緒に投稿した。

『ピンキー』

『投稿みてるよ、人気者だね』

〝名無し〟からの嫌がらせＤＭは、結局あのあとも続いた。咲良が返事をすることはなかった。無視をしていても定期的に送られてくるからだ。

咲良を監視しているような文章が送られてきたときは寒気がしたが、数日経った今でも特に実害なく生活できている。

むしろ咲良は〝名無し〟がこうしてコンテンツを提供し続けてくれることに感謝していた。

『なんでブロックしないんだ』『アカウントに鍵をかければいいだけ』というリプライが届けば『逆上される方が怖いから』という一言を送って上手く逃げた。

しかし――世間から飽きられるのは、思っていたよりも早かった。

リアクション数が一万件を超えたのは、最初のＤＭ画像を投稿した一回のみ。

その後はゆるやかに閲覧数が減っていき、今ではケーキ写真と同様に自作自演を疑う声まで上がっていた。

なにか、もっと有名になる方法はないだろうか。

田中に頼んで、もっと派手なストーカー被害を捏造する？

いや、それだとバレたときに面倒なことになる。せっかく注目度を上げることができたのに、アカウントごと消さなくてはいけなくなるような炎上は避けたい。今のピンキーはもう、フォロワー数百人で低迷していた頃とは違うのだ。

すると、咲良の憂鬱を見計らったかのようにピロンとDM通知が届いた。


『二〇三号室、メーター回ってたね』


また〝名無し〟からのメッセージだ。

一気に脈拍が上がり、自分の呼吸が荒くなっていくのがわかる。

ケーキの写真を撮ったあの日、やはり見られていたのだ。あとを付けられていたのだ。そして、全てを知られていたのだ。

なぜなら、二〇三号室は、咲良が今住んでいる部屋番号なのだから。

カタカタと震える手でDMをスクショし、文章も書かずに投稿する。

本当は、今すぐにでも逃げなければいけないのかもしれない。多分〝名無し〟は今、咲良の部屋の目の前にいる。

それでも、PRYのリアクションが、ひとつ、ふたつと増えていくことに夢中で動くことができない。

——やった、すごいスピードで拡散されてる。これでもっと、注目される。有名になれる。ピンキーを、みんなに知ってもらえる。

咲良はいつの間にか、自分に届いた恐ろしいＤＭの画像を眺めながら薄っすらと微笑んでいた。

［十月二四日］

『二〇三号室、メーター回ってたね』

〝名無し〟から届いたDM画像は、気が付けば二万件以上の拡散がされていた。

自作自演を疑う声や、通報しない咲良を不審に思うような声は一定数届いている。しかし、投稿を拡散するユーザーのほとんどが面白おかしく事態を傍観《ぼうかん》している人たちだった。

あれから十日間、外には出ていない。最初はバイト先からの着信がうるさかったが、徹底して無視を貫いていたおかげか、もうかかってこなくなった。

「…………」

無表情のまま〝ピンキー〟というワードでエゴサーチをする。

これはアカウントを開設した頃からの習慣みたいなものだった。最初の頃は自分の投稿しか検索に引っかからなかったが、今ではかなりの人がピンキーというワードを使っている。これも、ストーカー被害の投稿が伸びてくれたおかげだろう。

素早く画面をスクロールしていくうちに、ふと一件の投稿が目にとまった。

『ピンキーの本当の姿、晒《さら》します』


投稿時間は四分前。投稿者は——なんと、あの田中だった。

意味深な文章と共に貼りつけられていたのは、一枚の写真。

写真を食い入るように見て、思わず乾いた笑いがこぼれる。

——なんだ、やっぱり〝名無し〟はお前だったのか。

田中が投稿した写真には、黒いスキニーと黒いパーカー姿の咲良が映っていた。

監視カメラの映像を切り取ったような粗い画像だったが、これは咲良だ。


『無視するなんて許せない』

『ずっと応援してたのに』

『ずっと、好きだったのに。ピンキーのためならなんでも言うこと聞いてきたのに、なんでこっちを見てくれないの。なんで無視するんだよ』

『もう、限界』


誰も見ていないような小さなアカウントで、ただ淡々と呟き続けるそれは田中の叫びのようにも見えた。田中の投稿を眺めているうちに、とあることを思い出した咲良はＤＭ部屋の一覧を開いた。ストーカー被害を訴え始めてから、田中のＤＭはずっとミュートにしていたのだ。恐る恐るミュートを解除してみると、怒涛のように届くＤＭ通知。田中から送られてきていたメッセージは、知らぬ間にざっと三百件を超えていた。


『ピンキー、大丈夫？　最近、返事してくれないけど……』

『ストーカー、怖いね。いつでも相談にのるから言ってね』

　最初の方は、咲良を心配するメッセージばかりだった。しかしそれらも、五十件を超えたあたりから様相が変わる。


『ねえ、なんで無視するの』

『なにか悪いことしたなら、謝るから。お願い、返事をください』

『無視するな、ピンキー』

『おい、ふざけんな返事しろ。お前のためにどんだけ尽くしたと思ってんだよ、無視するな』

スクロールするたびに、段々と攻撃的になっていく田中の口調。

しかしそんな文面も、しばらく経つとまたしおらしいものに変わる。


『ごめん、ごめんなさい、ゆるして、約束やぶったから怒ってるんだよね？』

『どうしてもピンキーの姿を見たくなっちゃって、約束やぶってごめんなさい』

『それとも、捨てアカで変なＤＭを送ったから怒ってるの？』

『でも、ピンキーが悪いんだよ、切るなんて言うから』

『ストーカー怖かったでしょ？　怖かったよね？　なんでもっと頼ってくれなかったの？』


あっけなく自白されていた真実を見ても、もはやため息すら出なかった。〝名無し〟の正体は田中だった。あのＤＭは、関係を切られることを恐れた田中が咲良を振り向かせるため、苦し紛れに思いついた策だったのだ。しかしその無様な自白すら無視をされ続けたことで、メッセージはさらにヒートアップしていく。


『ねえ、なんで？　ちゃんと謝ったのにゆるしてくれないの？』

『好き、好き、好き、好き、好き』

『ピンキーがどんな姿でも好き。本当の姿を知ってもっと好きになった』
『おい、返事しろよ。無視すんな！』
『お前みたいなのを愛してくれるやつなんて、他にいないだろ』
『無視するくせに平気で投稿続けるとか正気かよ、しねよ』

何件も送られてきている脅迫文じみた告白を流し読みする。特に、これといった感情は湧いてこなかった。個人情報が隠されたＳＮＳという空間では、ナイフのような言葉が軽々しく使われている。軽率に放ったその言葉で簡単に人が死ぬということを誰も理解していないのだろう。

「まあ、どうでもいいけど。そんなこと」

そうだ。そんなことは心底どうでもいい。咲良にとっては、田中も、このＰＲＹでさえも目的を達成するためだけの道具にすぎないのだから。

しかし、どれだけ無視されても必死にＤＭを送り続ける田中の執着を見て、咲良はひそかに感心していた。田中は咲良に嫌われることだけを恐れ、ただ手足となるような弱者ではなかったのだ。

『お願い、無視しないで』

『ねえ、ピンキー。あたしのことを見てよ』

最後のメッセージを読み終え、咲良は迷わず田中をブロックした。

田中の本性も、性別も、今となってはもう興味がない。田中は、しっかりと咲良のために役目を果たしてくれた。

田中は、憧れが憎しみへと変わるくらい、ピンキーの熱狂的なファンだった。その言葉に嘘はなかった。それでも、咲良が望んでいたのはそんなものじゃない。欲しかったのは、ただひとつだけ。この世でたったひとりの――

その瞬間、一件のＤＭ通知が届いた。〝名無し〟からではない。もちろん田中からでもない。他の有象無象とは違う、咲良がずっと求めていた通知だ。

「ああ……やっと届いた」

天にも昇るような気持ちとは、まさにこういうときのことを言うのだろう。

恍惚とした笑みを浮かべながら、長い黒髪のウィッグを脱ぎ捨てる。

そして咲良隆司《たかし》はゆっくりと、ＤＭの返信画面を開いた――。

［藤堂 咲良］

ＰＲＹに流れてきたその投稿を見たとき、思わずあっと声が出た。

「藤堂さん？　どうしました？」

「い、いえ……なんでもないです」

隣に座る上司が怪訝な顔をしてこちらを見ているのがわかるが、今はそれどころではない。

投降主はピンキーというハンドルネームの女で、投稿内容はとあるストーカー被害を訴えかけるようなもの。

しかし、咲良が気になったのは投稿文ではなく、一緒に添えられた自撮りの方だった。

映っているのは、恐らくピンキーを名乗っている女自身なのだろう。

薄紅色のカーディガンに、長い黒髪――そして小指に光るピンキーリング。

正直驚いた。この女の見た目が、自分にそっくりだったからだ。

着ているものも、咲良が普段よく身に着けている服と似ている。そしてなにより目に入ってきたのが、女の小指にはめられたピンキーリングだった。

特徴的なデザインと、大きなアメジストが埋め込まれた装飾。不思議なことに、女の投稿はピンキーリングを主な被写体としたものが多かった。だからこそ、咲良はこのリングが〝数か月前に無くした〟祖母の形見のピンキーリングで間違いないと確信した。

慌てて〝ピンキー〟の投稿画面をさかのぼってみれば、一件の投稿が目にとまる。

『東長崎の路地で、ピンキーリングを落とした方を探しています。酔いつぶれた私の彼氏を手厚く介抱してくれた女性です。どうしてもお礼がしたいので拡散協力お願いします』


そうだ、思い出した。

数か月前、人通りの少ない路地裏で突然倒れこんだ男がいたことを。

自分以外、周りに人もいなかったため仕方なく介抱したのだが——そうか、あのときにリングを落としていたのか。

このピンキーリングは、咲良にとって唯一無二の大切なものだった。リングには、今は亡き祖母との思い出がたくさん詰まっている。絶対に無くさないよう普段から気を付けていたはずなのに、なによりも大切なリングを落としていたなんて。

自分の愚かさに、スマホを持ったまましばらく俯《うつむ》いていた咲良だったが、ふと思い直して顔を上げる。

――無くしたと思ってたピンキーリングが見つかったんだ。喜ばないと。

咲良が介抱した男の彼女だという〝ピンキー〟に連絡をとれば、きっとリングは返ってくる。

自分にそっくりな外見で貼りつけたような笑みを浮かべる〝ピンキー〟にどこか薄ら寒いものを感じたが、咲良は意を決してDMを送ってみることにした。


数日後、DMで待ち合わせをした場所に線の細い男がやってきた。

黒いスキニーに、黒いパーカー。

咲良を見つけた男は、満面の笑みでこちらへ駆け寄ってくる。

「いやぁ、あなたに会えて本当によかった。SNSで人捜しをするなんて正直、眉唾ものでしたが、まさか本当に届くとは思っていませんでした」

「あの、あなたは……?」

人違いだろうか。急に話しかけられて戸惑う咲良に、男は一瞬眉をひそめ、やがてなにかを思い出したかのように頷いた。

「あー、そっか、あのときは名前すら言えてなかったんですよね。俺、咲良隆司っていいます」

咲良隆司と名乗った男は、こちらの返事も待たずに続ける。

「てかもしかして覚えてなかったりします？　この顔見て思い出さない？」

「……いいえ」

「えー、数か月前に、東長崎の路地で俺のこと介抱してくれたじゃないですか」

「な、待ち合わせ場所には、あなたの彼女が来るって……」

同じ女性同士だからと安心して待ち合わせに応じたのに、これでは意味がないじゃないか。そう言いかけた瞬間、言いあらわしようのない違和感を覚えて身体が固まる。

男の目元や、輪郭、眉毛の下がり方、そして貼りつけたような笑い方――その全てが、PRYで見た〝ピンキー〟と重なるのだ。PRYに投稿されていた自撮りはどれも加工されたものばかりだったため気が付かなかったが、こうして直に対面してみるとわかる。この男は、咲良のピンキーリングをはめて笑っていた〝ピンキー〟本人だ。

「どうして彼女だって、嘘をついたの？」

喉がつまったようになり、声が震えるのがわかる。目の前で首をかしげて笑っている男が、恐ろしくてたまらない。

「ああ、だって、その方が警戒されないでしょ。どうしても、もう一度リアルで会いたかったんですよ」

「じゃあ、あの恰好も、わざと？」

「ええ、もちろん。ＰＲＹって色んな投稿が流れてくるんで、興味のないものは基本目につかないじゃないですか。でも、自分に似てるどころか自分と同じような格好をしたヤツの写真があったら、嫌でも目に入ってくるでしょ？」

悪びれる様子もなくそう言った男は、じり、じり、と咲良に近づいてくる。

「一目惚れでした。ずっとあなたを捜していたんです。あなたの恰好をして、あなたになりきって投稿を続ければ……いつか見つけてくれるんじゃないかって」

「……っ」

「まあ、一応ピンキーのアカウントは消しましたけど、結構好き勝手投稿してきたんで、わりとすぐに捕まるかもしれないですね。でもいいんです、ここ最近ずっと、あなたに会うことだけ考えて惰性《だせい》で生きてたんで。これからの人生がどうなろうと、どうでもいいんです」

「捕まる？　どういう意味ですか……？」

震え声でそう問うた咲良の言葉に、男はなにも答えない。ただ、じっとりとした目でこちらを見ている。

男は多分、ピンキーリングを返してくれる気なんてさらさらない。

介抱してくれたお礼を言いたい、というのも建前だろう。男の目的は、恐らく――

「わざと変なものを投稿《おと》して、アカウントを特定する手口があるんですって。知ってました？」

ふと思い出したようにそう言って、不気味に笑った男に後ずさりする。

近くに、人の気配はない。助けを呼ぶことはできない。隙をついて逃げることならできるだろうか。ああ、もっと早く男の魂胆に気が付いていればこんなことにはならなかったのに。どうして、性別も年齢も知らない、赤の他人を信じてしまったのだろう。

「このピンキーリングが俺たちをつないでくれたんでしょうか。さあ、もっとこっちに来て。ゆっくりお話しましょうよ」

にっこりと笑った男の手に目をやれば、きらりと光る咲良のピンキーリングがはめられていた。

青き罪は、瞬く間に

夜野いと
Ito Yoruno

…

《九月十日、西和崎《にしわざき》高校二年C組で殺人事件が起きます》

自分のSNSのアカウントが乗っ取られたのは、夏休み最後の八月三十一日、夜二十一時過ぎの出来事だった。

俺は眉を顰《ひそ》めて、自分のアカウントかどうかを再確認する。

@sakakikaki1211
IDはたしかに自分の使っていたアカウントのもので、俺は寝そべっていた身体を起こしてベッドの上に座り直した。

うわあ、乗っ取りって本当にあるんだな……。

《えっ、サカキどうしたの？》
《逮捕じゃん笑》
《サカキの偽アカウント？》
《殺人予告とかやばくね？　さすがに乗っ取りでしょ》

呟きについた、多くのコメントを流し見する。

俺のSNSはそこそこ有名で、フォロワー数も軽く十数万はいくアカウントだ。

高校生インフルエンサーとして、朝の情報番組で軽く取り上げられたことだってある。

主に日常をメインとした呟きが多いから個人情報の特定もされやすく、知っているひとはすぐに俺のことを調べ上げてきた。

とはいえ、私生活を脅かされるようなことはされてこなかったし、一般人としては大手のアカウントだから、今まで乗っ取りまがいのサイバー攻撃を受けたこともあったけど……実際に乗っ取られたのは初めてのことだった。

「面倒くさいな……」

急いでアカウントにログインをしようとすれば、パスワードエラーでログインができない。

まじかよ、と今一度、偽物が呟いた内容を確認していると。

《乗っ取りじゃないよ～(*^^)v》

また新たな呟きが追加される。しかも挑発されているみたいな、そんな内容だった。

「はあ？　ひとのアカウントでなにを書いてんだ、この偽物……」

苛立ちながら、再びログインを試す。

――【パスワードが違います】

だめだ。弾かれる。ああ、くそ！

運営に問い合わせても、時間がかかるだろう。

どうしたものか。

あ、そうだ。

『茉優《まゆ》、お前のアカウントで俺のアカウント乗っ取られてるって言ってくんね？』

俺は、メッセージアプリで同級生の西荻《にしおぎ》茉優に連絡をした。

幼馴染《おさななじみ》の茉優は、同じSNSをやっていてフォロワーも俺には及ばないがまあまあ多く、たまにネット上でも絡んでいる。

『え？　乗っ取り？』

ピコン、とスマホにメッセージが来る。なんだ、まだ気付いてないのか。

『そうだよ。乗っ取り』

『見てきた。殺人予告とかやばすぎ笑』

『お前のアカウントで訂正しといて』

『いいけど、これほんとは海斗《かいと》が書いてんじゃないの？笑』

『このアカウントでするわけねえだろ。はよ言ってこい』

『んーわかった』

茉優とやり取りを終えて、息を吐く。

アカウントが手元に戻ってくるまで気が気じゃない。

ＳＮＳでここまで有名になるために、どれほど頑張ったと思ってるんだ……。

せっかくの努力を誰かに奪われるなんてまっぴらごめんだ。

「一体どこのどいつの仕業だよ……」

二段階認証すら抜けるとは、かしこいアンチもいたものだ。

ＳＮＳのお問い合わせにも乗っ取りの件で連絡をした。どうせ数日のうちにアカウントは戻って来るだろう。

「お兄ちゃーん、洋子《ようこ》さんがスイカ切ったから早く来てって言ってるよー」

「んー。今行く」

今日は夏休み最後だというのに、ツいてない。

犯人め、特定したらただじゃおかないからな。

俺はそんなことを思いながら切られたスイカを夏の終わりの記念にスマホのカメラに収めた。

「おはよー。海斗、夏祭りぶり」

西和崎高校の校門の前で、はつらつとした女子の声に呼び止められた。

振り返ると、染めたての茶色の髪をくるりと巻いた茉優の姿があった。

「なんだ。茉優か」

「なによ、その言い方。乗っ取りピンチを救ったのが誰か、もう忘れたの？」

眉を上げ、彼女は小首を傾げて俺の顔を覗き込んでくる。

ひとつひとつの仕草に打算的なあざとさを感じつつも、俺も笑い流した。

「冗談だって。助かった助かった、マジさんきゅー」

「心こもってない、やり直し」

色つきのリップを塗った唇を尖らせて、彼女は不満げに告げる。

「っていうか海斗、あれほんとに乗っ取り？」

「は？　なんで」

「だって、今朝も呟いてたじゃん」

茉優の言葉に、「ああ……」と顔を逸らして、再び前を向いて歩き出す。

そうだ。俺が寝ている間にも、俺のアカウントは乗っ取られ続けていた。

《西和崎高校の秘密を本日から大公開しちゃいます(>_<)-☆》

午前六時半を過ぎた頃、そんな陽気なテンションで更新された俺のSNS。

こんな時間に更新しても普段なら反応は見込めないはずなのに、殺人予告のせいか妙に注目されているみたいで、反応している数が多かった。

それにも拘らず、昨日からフォロワーは五百人くらい減っていたし、せっかく茉優が自分のアカウントで訂正をしてくれていたけど、あまり意味を成していなさそうでストレスが溜まる。

「西和崎高校の秘密ってなんだろうね？」

「知るわけないだろ」

「あ、ちょっと！　海斗、待ってよ！」

慌てて追いかけてくる茉優を振り切るようにして、教室へ向かう。

――SNS見たよ。大丈夫だった？　榊《さかき》くん。

――おまえ、変なのに目つけられたな。

――まあ、榊くんかっこいいから仕方ないよね。どうせアンチの嫉妬だよ。

教室に入ると、こんな感じで囲まれるだろう。

そんな予測を立てながら、教室のドアの取っ手に手を伸ばした。

俺は有名人なんだ。

だから黙っていてもみんなが放っておかないはずだ。

「……ねえ、ちょっと海斗！　待ってってば！」

「うるさいな、遅刻したいのか」

「違うの！　今、あんたのアカウント……」

茉優の声を遮って、ガラリとドアを開く。

すると、騒がしかった教室が水を打ったように静まり返り、クラス全員の視線が一斉にこちらに向いた。

なんだ……？

異様な空気を感じて、俺はちょうどそばにいた佐々木《ささき》に声をかける。

「おはよう、佐々木。久しぶりだな。夏は……」

「あ……えと、俺、顧問に呼ばれてたんだった。ちょっと行ってくるわ」

夏休みに入る前の佐々木は、「俺のこと、お前のアカウントで紹介してよ～」と、まるで金魚のフンのように俺に付きまとっていたのに、なんだよ。あからさまに避けやがった。

まあ、いい。俺と関わりたい奴は他にもいるんだ。

顔を前へ向けて誰かと目を合わせようとすると、次々と顔を逸らされる。

なんだ……？

どういうつもりだ、みんなして。

苛立ちながら席に座る。

鞄を投げるようにして机の上に置けば、バンッと思いの外、大きな音が鳴った。

びくっと肩を揺らす前の席の男子生徒。

長めの黒髪と分厚い眼鏡。いかにも地味な見た目をしたそいつの名前は行平志筑《ゆきひらしづき》。

ああ、そうだこいつがいた。

「おはよう、行平」

こいつまでも俺を無視なんかしないだろう。

スクールカーストでいったら底辺に分類されるであろう行平《こいつ》が、人気者の俺を無視などできるはずがない。

案の定こちらを振り返る行平の姿を見て、『ほらな』と思う。

「お、おはよう、榊……くん」

「夏の間、どっか行ってた？　少し肌焼けたな」

にっと笑顔で言えば、行平は複雑そうな顔をして肌を隠すように腕を組んだ。

正直、焼けてなんかいない。

むしろひと夏で青白さが増したようで、気味が悪いとさえ思う。

「い、いや……どこも行ってないよ……」

「そっか。ところで」

笑顔のまま机の上で腕を組む。

「なんであいつらが俺を無視するか、わかる?」

「っ、え、っと……」

戸惑うようなか細い声。

言っていいものか、悩むように目を泳がせているその姿に苛立ちを感じた。だが我慢だ。

行平、お前が俺を無視なんてできないよな。

だって――。

「海斗、無視しないでよ。待ってって言ったじゃん!」

教室の雰囲気に飲まれながらこちらにやってきた茉優に、「おい、お前クラス違うだろ」と言おうとすると「これ見て!」とスマホを突き付けられた。

@sakakikaki1211
画面ではそのIDのSNSが、また更新されていた。

《数学教師の小野静香《おのしずか》は現在、生徒と不倫中でーす(^^)/》

「は……なんだ、これ……？」

茉優のスマホを奪うように取って、スクロールをする。

《その相手はなんと……三年Ｄ組の柴山豊《しばやまゆたか》！》

写真付きで上がっているその内容に、ガタッと椅子から立ち上がる。

「やばいよね、コレ……」

「てか、小野先生と柴山先輩が？　マジで？」

「生徒と先生って想像しただけでキモ。ガチ無理なんだけど……」

「こんな暴露する榊くんもえぐいね……。だって先輩、今年受験じゃん」

ひそひそと囁き声が止まない中、「ねえ」と茉優の声が聞こえて、俺ははっと顔を上げた。

「本当に、海斗じゃないんだよね？」

茉優が訝《いぶか》しむような顔で俺を見ていた。

それもそのはずだ。

小野と柴山が抱き合っている写真を撮ったのは去年の秋頃だった。

――それは、まだ茉優の見た目があまり派手ではなかったときのこと。

「なあ、茉優。見てくれよ」と学校からの帰り道で、うきうきとスマホを出した。茉優は眼鏡をかけ直して「どうしたの、海斗くん」と首を傾げる。

幼馴染の茉優に、一年の春頃から始めていたSNSの伸びに悩んでいたことを打ち明けたのは丁度この頃で、フォロワーを稼ぐために必死だった時期でもある。

「……えっ、これって……」

「昨日さ、母さんに頼まれてスーパー行ったら、繁華街にいたんだよ」

「小野先生？」

「正解。この相手、誰だと思う？」

「相手って……うちの制服、着てない？」

「そ。柴山先輩っぽい」

「柴山先輩!?」

柴山豊。当時は二年生で、西和崎高校の新生徒会長だった。

見た目も中身も優等生という感じで、教師陣や生徒からも人気が高い。

そんなひとが、教師と不倫なんて……こんなゴシップニュース、書き方次第ではSNSで盛り上がらないはずもない。

「これ、ネットに書いてやろうかなって考えてるんだけど……どう思う？」

「えっ！　だ、だめだよそんなことしたら！」

「なんで？　別によくね？　悪いことしてんのはあっちじゃん」

「そ、それはそうだけど……」

歯切れが悪い茉優に、俺は苛立ちを覚えて「っていうか」と言葉を続けた。

「小野の旦那も可哀想だと思わないの？　そもそも小野側だって未成年に手出すのは犯罪なんだけど」

「で、でも……わざわざネットに書く必要はないと思う」

「は？　だからなんで？」

「だって……なにか事情があったらどうするの？　晒《さら》して、制裁するだけが全てじゃないんだよ。だから……こういうのは、私たちが勝手にどうこうしていい問題だとは……」

「うるさいな。いいだろ！　これで見てくれるひとが増えるかもしれないんだから！」

「海斗くん！」

茉優が叫ぶように俺の名前を呼んだ。

いつも弱々しく俺の名前を呼ぶのに、今日は力強い声音だった。

「海斗くんはアカウントのために、本当に誰かの人生を潰せるの？」

誰かの人生？　なに言ってんだ？

どうしてこんなことで人生が潰れるんだよ。そもそも、悪いことをした方が悪いだろこんなもん。

それを暴こうとした方が、どうしてこんな責められるような言い方をされないといけないわけ？

「なんか萎えた。茉優に言うんじゃなかった」

一気に面倒臭くなって、スマホを仕舞えば茉優は焦ったように俺の隣に並んだ。

「そ、そういう意味じゃないんだよ！　ただ海斗くんカッコイイんだから、そういった炎上を狙わなくても、アカウントはすぐに伸びるって言いたかったの！　顔出しとか積極的にしてみたらいいんじゃないかな？　暴露とかどうせ一過性だし、違う方向性の方が印象いいかも……」

「………………」

「ご、ごめんねっ。否定したかったわけじゃないんだよ」

顔色ばっかり窺ってくる茉優。

俺に対して、ずっと肯定してきたくせに、どうして今回に限ってそんな風に言うんだ。

俺は悪くないのに……茉優のくせにムカつく。責められているみたいで腹が立つ。

苛々した気分を抱いたまま、俺は小野先生と柴山先輩の写真をスマホに仕舞っていた。

そうして俺がふたりの秘密を隠し持ったまま日々を過ごしていた間に。

俺と同時期に始めた同級生のＳＮＳは、次第に伸びていった。

ネットの流れは早い。ぼーっとしていれば、一瞬でフォロワーの数は何百、何千との差が生まれていく。

それを見ていると、嫉妬や憧れに苛《さいな》まれて腹の奥底がドロドロと澱《よど》んだ熱で覆われていくようにも思えた。

『ただ海斗くんカッコイイんだから、そういった炎上を狙わなくても、アカウントはすぐに伸びるって言いたかったの！』

そんなことは知っている。

学校では度々女子から話しかけられるし、「カッコイイよね」と言われることもあった。ここだけの話、そういった優越感からＳＮＳを始めたのだから、自分のルックスについては多少自信がある。

だけど、顔なんてまともに出して、もし伸びなかったら？

もしも変な特定をされて、おかしな素材にされでもしたら？

リスクが大きすぎるだろ。

ただ茉優の言うように、暴露した炎上商法での人気取りはいわば一過性のもので、長続きはしないだろう。

ふと、自分のアカウントに載せている写真をスクロールしてみる。

大抵は食べ物と、顔を隠した上半身の私服姿くらいしか載せてない。

確かに、反応は食べ物よりも、身体の一部が見えている方がよかったりするけど……。

色々考えた末、休日。自分なりにお洒落にきめた服を、より格好良く撮ってもらうために、一緒の家に住む玲奈《れな》に撮影をお願いした。

「お兄ちゃん、こんな感じ？」

「あー。玲奈的にどう？」

「いい感じだと思う」

玲奈はそう言って、「ほら」と俺に向かってスマホを見せた。

「本当だ。さっすが玲奈、センスいいな」

「まあね。やっぱ最近はカメラテクが物を言うよ。友達からも評判なんだー」

「へー」

と、曖昧な返事をしながら、写真の確認をする。

玲奈の言うことは嘘ではないみたいで、どれもモデルのように見目の良い写真が撮れている。

「ねえねえ、お兄ちゃん。その写真バズってアカウントが有名になったら、なんかご褒美ちょうだい？」

「わかった。なにがいいか考えとけよ」

「やったー！　ありがとー！」

にっ、と歯を見せるように笑って、玲奈は家の中に戻っていった。

いつの間にあんなに厚かましくなったんだか。年も近いくせに、相変わらず子供っぽい。

まあ、そんなこと今はどうでもいい。

とにかく、アカウントを伸ばさないと……。

そんな気持ちで上げた一枚の写真。

《デート服みたいになった。コンビニ行くだけなのに笑》

適当な文言と一緒に写真を載せる。

すると、いいねがひとつ。

ふたつ、みっつ。

《カッコイイ！　これで高一とか世界バグってる笑》

《加工?笑》
《彼女いますか?》
《服ってどこで買ってますか?》
《コンビニに出かける服がこんな格好いいことってある?》

気付けば、その何気ない写真が思いのほか流行ってしまった。

そして写真に添えた適当に考えた言葉も、インターネットミームとしてあらゆるところに出回って、誰しもがこぞって真似をした。

一気に有名人となった俺は学校では握手を求められ、連絡先を求められ、周囲の人間が放っておけない存在となったのだ。


「──海斗くん。今日、一緒に帰れる?」

「あ、茉優。わり、三年の北島《きたじま》先輩に呼ばれて今日帰り遅くなるわ」

「え……?」

「てか茉優知ってる? 北島先輩ってこの前、彼氏と別れたばっかかなんだって。俺ワンチャンありそうじゃね?」

「か、海斗くん、北島先輩好きだったっけ?」

「ううん？　でも美人じゃん。俺ああいうの結構タイプ」

「榊ー！　ちょっと来てくれるー？　土曜の集まりの話だけど～」

「あ、呼ばれてるわ。んじゃな、茉優。お前もたまにはクラスの友達と遊べよ」

「あっ……」

高校一年の後半は、一体どんな暮らしをしていたか詳細には思い出せない。

SNSの更新に夢中になり、恋人関係はもちろん、友人関係にも変化が激しい日々。

正直、毎日が売れっ子の芸能人のように忙しかった。

そんな高校一年生が終わり、二年生に上がる頃。

春休みに入り、暫《しばら》く顔を合わせていなかった茉優が激変していた。

長くてもっさりした黒髪を染めて、レンズの分厚い眼鏡を外してコンタクトにして。

さらにはSNSまで始めて、美容系インフルエンサーとして少しずつだが上手くいっているようだった。

「海斗く……海斗に言われて、変えてみたの。どう？」

「あ、ああ。いいんじゃね？」

まさか地味な幼馴染がここまで化けるとは思わなかった。

なんとなく北島先輩に似ている。

それを何気なく言ってみたら「そうだよ」と茉優は言った。

「北島先輩のマネしてみたんだ。海斗が美人って言ってたから」

その言葉に、薄々と勘づいていた茉優からの好意に確信を得た。

茉優は俺のことが好きなんだ。

だから、俺が好きだと思ったものになろうとするし、いまいち俺を否定しきれない。

「へえ、いいじゃん」

なら、その気持ちを上手く使わないと勿体《もったい》ないよな。きっと茉優だって、俺が幼馴染として隣に並んでいることを誇りに思っているだろうから。

「似合ってるよ。前の茉優、あんまり好きじゃなかったから今の方がタイプだな」


——いと、海斗!

「海斗ってば！」

はっとして、顔を上げれば茉優が俺の肩を揺らしていた。

「聞いてるの？　この写真、本当に海斗じゃないんだよね？」

「…………」

「ねえ……大丈夫？」

訝し気に俺の顔を覗き込んでくる茉優。

「顔色が悪いよ？」

俺のことを心配してくれている茉優。

俺に好意を寄せてくれているはずの、幼馴染の茉優。

小野と柴山の写真は、彼女にしか見せたことがない。

結局、茉優に相談したあと、俺自身がSNSで有名になってしまったから暴露をせずに端末の中に入れたままだった。

だから、茉優以外の他の誰にも見られてはいないだろうし、たとえ写真の存在を知られたとしても、あの更新をするためには〝写真に写った人物が、この学校の先生と生徒であることを知らなければならない〞はずだ。

俺のスマホからどうやって写真を抜きとったかはわからないが、あの写真の存在を唯一知っている茉優が、乗っ取り犯である可能性は十分高い。

「お前か……」

「え……？」

「お前がやったのか!?」

肩に触れていた茉優の手を叩くように払う。

大声を出せば、教室中の注目がこちらに向いた。

「うわっ、何アレ……」

「酷い、西荻さんに当たってるの？」

「注目されたいからってよくやるよね……」

「前々からそんな感じじゃなかった？　自意識過剰っていうか……」

前から、後ろから、右から、左から。

三百六十度、どこからでも聞こえるクラスメイトたちの囁き声に、俺は周囲を見回した。

「か、海斗……どうしちゃったの？」

俺に思いっきり叩かれた手を擦りながら、茉優が少し泣きそうな声で訴えた。

これではまるで、俺が悪者みたいだ……。

「茉優、お前が……！」

キーン、コーン、カーン、コーン。

タイミングよく遮られる。いつもの予鈴が鼓膜を突き刺すように大きく聞こえた。

「海斗……またあとでちゃんと話そう」

心配するような眼差しを俺に向けつつ、茉優は教室から去っていった。

どっ、どっ、と気付けば、心臓が皮膚を突き破って外に出てきそうなほど、大きく鳴り響いていた。

アカウントを乗っ取った犯人が茉優だったなら、あんな風に俺を見るか……？

でもあの写真の存在は、茉優しか知らないはずだ。

誰かがスマホの中を、覗きでもしない限り。

「――榊くん、職員室に来てください」

ホームルームが終わってすぐ、担任の木南《きなみ》に職員室に呼び出された。

きっと小野静香と柴山豊のことだろう。

職員室に辿《たど》り着くと電話がひっきりなしに鳴っていて、どの先生もこちらを見る暇もないと言った具合だった。

「中に入って」

木南に職員室のさらに奥まった場所にある小部屋に入るよう促される。

その中には校長と学年主任、そして小野先生がいた。

普段はウェーブがかった髪をポニーテールのように結び、お洒落なバレッタでとめているのに、今の小野先生は髪をだらりと下ろして硬い表情で俯《うつむ》いていた。

その頬には涙の痕すら見えて、非常に重苦しい空間に足を踏み入れたのだと思った。

もしかしたら、小野は既に学校をやめるように言われたあとなのかもしれない。

木南にこのあとどうしたらいいのかと目で訴えれば「座りなさい」と一言。

必要最低限の指示しかしない木南には、もっと気を遣って欲しいと思ったものだった。

「榊、どうして呼ばれたかわかるか？」

学年主任の田所《たどころ》が筋肉質な腕を膝の上に置きながら、神妙な面持ちで告げた。

サッカー部の顧問だから肌が黒く、その上がたいが良いものだから、歩いていたらひと目で田所だとわかる。

「……ＳＮＳのことですか？」

「そうだ。お前、どういうつもりであれを書いたんだ」

田所の決めつけに、すぐさまむっとした。

「違います、あれは俺じゃないです」

「違う？　だが、あのアカウントはお前のだって木南先生に聞いてるぞ」

木南は俺がＳＮＳで有名なことを知っている。

それはクラスの奴らがよく木南と雑談をする際に、俺のことをまるで自分のように自慢するからだ。

彼らの話を聞いていた木南に、一度ＳＮＳを指南しようと持ちかけたことがある。

というのも、木南はその昔、俳優を目指していたらしいからだ。

真面目な性格が祟ったのかは知らないが、なんでもないただの下積み生活を終えて、そのまま芽吹くこともなく、彼の夢は儚く散った。

そんな夢破れた落ちこぼれ教師にＳＮＳを使った有名人へのなり方でも、指南をしてやろうと思っていたのに、あのときはあっさり断られた。

まさか、あのときの俺の善意をこんな形で返されるとは。非常に不愉快だ。

「――ひとまず、SNSを消してもらえますか。榊くん」

「……は？」

顔を上げれば、木南がいかにも教育者らしい顔で言ってきた。

「あなたのSNSのお蔭で、今、学校の電話対応が追い付かない状況になっているんです」

「榊、お前のSNSについては度々職員会議で問題視されていたが、今回のことはさすがに目を瞑《つむ》れない。警察からも確認の電話が入ったんだぞ」

木南に続いて田所も言ってくる。

「殺人予告だか、なんだかを榊がした、と。お前のファンらしいひとたちからよく電話がかかってくるそうだ」

「……だから、あれは俺じゃないんですって！　乗っ取りで……」

「なにを言ってるんだ。だったらどうしてうちの学校の先生や生徒の写真が出回ってる？」

「そ、それは……この学校の誰かが、俺のアカウントを乗っ取って……」

「とにかく、なんだっていい。アカウントを消してくれ」

「っ、ログインもできないのに消せるわけないだろ！　大体、そんな簡単に言わないでください！　先生たちはあのアカウントがどれほど影響力があるのか知らないから、そんな風に簡単に……」

「小野先生と柴山のご両親からの要望だ」

「そんなの知るかよ！　大体、小野先生はどういうつもりで消せって言ってんすか？　教師が生徒に手を出してる時点でただの犯罪なのに、なんで犯罪者の肩を持たなきゃいけないんですか！　こうなることを予測しての行動だったんじゃないのかよ⁉」

「榊！」

田所が咎《とが》めるように俺の名前を呼んだ。小野先生は肩を震わせて、ぼろぼろと泣いている。

これではどちらが悪者なのか、わかったものじゃない。

「小野先生は教育者として配慮にかけた部分もある。だがお前がネットに晒した話と事実は少し違う」

「違う？」

「小野先生は旦那さんと既に離婚している。初め柴山とは隠れた交際だったそうだが、学校も辞めさせられる覚悟で、一度、柴山のご両親に挨拶に行ったそうだ。未成年との交際は、婚約関係なら犯罪にはならないからな。勿論、反対はされたそうだが……

受験が終わるまでそばで支え、清く正しく付き合うのならと話を進めていたそうだ」

「で、でも繁華街から出てきましたよ。あれはどう説明するんですか！」

田所に向かって責めるように声を上げれば、静かに小野先生が口を開いた。

「……あそこの近くに、受験の参考になる本が売っている書店があったんです。それであの場所にいました……」

「は？　そんな嘘、通じると思ってるんですか？　抱き合っていたじゃないですか！」

「あっ、あれは！　あの日は！　私の誕生日だったんです……柴山くんから、お祝いのプレゼントを貰《もら》って、嬉《うれ》しさのあまりつい、彼に抱きついてしまいました」

信じられない。よくも次から次へとそれらしい言い訳が出てくるものだと思った。

「っう、うっ……ごめんなさい。軽率な行動をとってしまい、申し訳ありませんでした。先生方の言うように私は辞職いたします……ただ、柴山くんの処分だけは、どうかやめてあげてください……彼はまだ受験生で、未来ある学生なんです」

小野先生のすすり泣く声に、田所も木南も校長も黙ったままだった。

「小野先生がこう言ってることですし、榊くん、アカウントを消してもらえませんか？」

不意に木南が言った。それがまるで、赦しを与える側の柔らかな口調だったものだから、余計に癪《しゃく》に障った。

「……ふ、ふざけんなよ。どうしてアカウントを……」

軽々しく言うな。あのアカウントをあそこまで大きくするために、どれほど俺が頑張ったと思ってるんだ。

「あれを書いたのは俺じゃない！　何度言ったらわかるんですか！」

「では該当の文や写真を消すこともできないんですか？」

「できない、乗っ取られてるんだから！」

「でもこれ以上騒ぎが大きくなったら、君の処分も考えなくてはならなくなります」

「な、なんで俺の処分になるんですか⁉」

木南に訴えかけるが、「それは」と答えたのは田所だった。

「お前のＳＮＳがうちの学校に被害をもたらすのは、今回が初めてじゃないからだ」

「え……？」

「お前、よくうちの学校で撮った動画を上げてたりするだろ。おかげで、この学校にお前がいるのかどうか訪ねてくる他校の学生や、学校での撮影を許可してるのかっていうクレームの電話だって頻繁にきているんだ」

「は……？」

「その対応に木南先生もよく追われていたんだぞ」

ぱっと木南を見れば、彼は「そういうことです、榊くん」とまるで手を差し伸べるような大人の顔をして俺の肩を叩いた。

「あなたのSNSは消すべきです」

俺をまるで、なにも持っていない子供のように扱おうとする。

「もしも将来に迷ったら、僕がきちんと指導しますから」

なんだかやり返されている気分だった。施しを与えてやろうと思った、あのときの善意に対して。

こんなの、話し合いでもなんでもない。田所や校長の顔を見てわかる。結局のところ、この大人たちは火消しをしたくて俺を呼びだしただけなのだ。

例えば小野を切っても柴山を退学させても、ネットの炎上は鎮火しない。騒いでいるのは所詮外野で、彼らが認識しているのは『西和崎高校の教師がとんでもない事をした』という出来事だけ。

この問題が解決しようがしまいが、実際には見たこともない実感なき認識なのだから、俺のSNSのあの投稿が残る限り、暫く飽きるまでずっと騒ぎが続くだろう。

だから、先生たちは俺のアカウントを消したくて堪らないのだ。

だけど、木南は違う気がした。そんな理由で、俺のSNSを消したいわけじゃなさそうだった。

ああ、SNSを指南すると上から目線で言った俺に、木南はどんな顔をしていたっけ。

「……木南、先生……？」

乗っ取りの犯人は、小野と柴山のことを知っている人物だ。

つまり、この学校の人間で間違いない。

そして、俺のスマホに触れて、覗くことができるようなやつ。

正直、俺がうっかり学校内でスマホを手放す瞬間があれば、誰しもが容疑者になり得る。

だが、そんなヘマをこの高校生活でしたことはない。

しかし、たった一度だけ。授業中にＳＮＳが気になってこっそりスマホを弄っていたとき、木南に一時的に没収されてしまったことがある。

あまりにも突然没収されてしまったから、アカウントを開きっぱなしだったかもしれない。自動ロックはかけているはずだけど、ロックがかかる前に中を見られでもしていたら……。

「まさか、木南先生が、乗っ取りの犯人か……？」

「なんの話をしているんですか？」

眉を顰める木南に、苛立ちが募る。

当たり前だ、もしも乗っ取っていたとしても素直に頷くわけがない。

小野のことを告発したのが木南なら、同業者を陥れたことになるんだから。

「なんで、木南先生はＳＮＳを消せ消せうるさいんですか？」

俺への嫉妬か？　そんなに陥れたくて堪らないのか？

「それは学校としても、今回の騒ぎは無視ができないから……」

「なら、その騒ぎを作った犯人を捜してきますよ！　それで、そいつに全責任を負わせれば文句ないですよね？　どうせ犯人は、俺を妬んでるこの学校の人間なんだから！」

木南自身を責め立てるように言うと、今度は田所が「だから、榊」と少々うんざりした顔で告げた。

「そういう問題じゃないんだ。お前のアカウントが、普段からどれほど迷惑をかけているか……」

「今回の騒動が、榊くん本人の仕業でないのであれば、騒ぎを起こした当人を連れてきてもらえるとこちらとしても助かります」

田所の言葉を遮るようにして、ずっと黙っていた校長がようやく口を開いた。

白髪に四角い眼鏡をかけていて、レンズ越しに見える目は、線を引いたような細い目をしていた。

穏やかそうな人相とは裏腹に、なにを考えているのかわからない。気味の悪さを少々感じる。

「ただし榊くんの言うように校内の人間でなければ、こちらとしてもあなたが情報を拡散した当人ではないという確証が得られません」

「大丈夫ですよ。絶対にこの学校のひとですから」

鼻で笑うようにして木南を見遣る。校長はその仕草をさして気にもしていない様子で、さらにこう続けた。

「ただ、もしも見つからなかった場合は榊くんのアカウントを消してもらいます。それでも、どうしてもアカウントを消さず、このまま学校に迷惑をかけ続けるようなら停学……最悪の場合、退学も視野に考えてもらわなくてはいけません」

「は、はあ？　どうして俺がそんな処分を……！」

「今でもあなたのアカウントの影響で学校の電話が鳴り続き、先生方は対応に追われっぱなしです。この状況は学校側としては非常に深刻な状況なのです」

「そんなん、知るかよ……」

「たとえあなたのアカウントが乗っ取られたからと言って、あなたの責任が消えるわけではないのです。だって、そういったリスクを踏まえて、今までSNSをされていたのでしょう？」

木南も田所も小野も、どうして俺を責めるような面持ちで見てくるんだろう。

俺がこの学校にいるから、今年入学したという生徒だっていた。

この学校の知名度に多少なりとも貢献してきたはずだ。

感謝をされても、非難されるようなことなどした覚えはない。

「……学校は、生徒を守るためにあるんじゃないですか？」

「榊くんの言う通り、学校は生徒を守るために存在しています。ですが」

「……」

「生徒はあなただけではないのです」

あなた以外の生徒に被害が及ぶ恐れがある。

あなた以外の生徒はいくらでもいる。

校長の言葉には、様々な意味が含まれているように感じた。

火消しをして臭い物に蓋をすると、面と向かって言われているようだった。

例えどんなに理不尽だろうと、自分たちの保身の方が大事だということだろう。

「乗っ取り犯を捕まえるのは一週間ほどでいかがでしょう？　その間に、あなたもアカウントを削除しても構わないと思い直すかもしれません。これ以上、学校や周囲の人たちに被害が拡大する前に、よく考えてください」

猶予は一週間だと、宣告されている気分だった。

「わかりましたね」

とにかく犯人を捕まえて、そいつに罪を償ってもらわなくては。

でなければ、俺は理不尽にこの学校から放り出されてしまう。


茉優、木南先生、それ以外にも俺を妬み、邪魔だと思っているような人物が犯人候補にあがってくるだろう。だが、あまりにいすぎて困る。

例えば、いつも俺の人気のおこぼれを貰っていたクラスメイトの佐々木だって、俺を陥れるためにやる可能性だってある。

難易度は高いが、なにはともあれ一週間で犯人を捜すしかない。

《ああ、授業ひま~(´;ω;`)》
《こういうときは暴露に限るな~》

午後も俺のＳＮＳは更新され続けた。

相変わらず周囲の人間も触らぬ神に祟りなしといわんばかりに、俺の存在を無視し続けている。

《ということで午後はこの動画♪》

ぱっと更新された、俺のSNS。
そこに上がったのは、校内でも不良として有名な同級生の石川祐樹《いしかわゆうき》の動画だった。
《靴屋での履き逃げはやばいって～ただの万引きじゃん(*´ー`*)笑》
とある個人経営の靴屋で万引きした石川の姿が映ったその動画は、俺がスマホの中に保存していたものだ。
「ど、どうして、これが上がってるんだ……」
《サカキのアカウントマジで面白いことになってんな笑》
《自作自演》
《この高校どうなってんの……》
《チンパンしかおらんやん笑笑》
《店に通報しました》
次から次へとコメントが増える。

教室のざわめきが一気に濃くなる。

「え、待って……石川くんはやばくない？」

「榊の奴、死にたいのか？」

どく、どく、心臓が、またもうるさい。

なんで、なんでこの動画が。

まさか、まさかだろ。

顔を上げて、「……おい、行平」と前に座るそいつに声をかけようとした、その瞬間。

「おい！　榊っ！」

教室のドアが、蹴られるようにして思いっきり開かれた。

「あの動画！　どういうことだよ！　お前、上げないって言ったよな⁉」

派手な赤髪に細く剃った眉には、シルバーのピアスがついている。

「石川っ！　違うんだ、今アカウントを乗っ取られてて！」

「乗っ取られてんのに、なんでテメエが撮った動画が上がってるんだよ！　オカシイだろうが！」

「うぐぅっ！」

教室に乗り込んできた石川が俺の胸倉を掴《つか》んで、思いっきり押した。

腰が机や椅子にぶつかって、ガタガタッと大きな音が鳴る。

「おいっ、やばいぞ！　誰か先生呼んで来い！　石川が暴れてる！」

誰かが叫んでいる。

「おっ、れ、じゃないんだって！」

「あれだけ偉そうに動画は拡散しないからって、ひとを散々脅してコケにしたくせによぉ！」

「落ち着けよっ、いしか……っ」

バキッ、と骨が折れるような音が顔から鳴った。

頬を殴られたのだと気付いたのは、身体が床の上に倒れてからだった。

口の中に一気に血が広がる。

石川に殴られながら、薄っすら見えた先に行平がいた。

俺の席の前で立ち上がって、真っ青な顔でこちらを見ている。

長い前髪に隠れがちな眼鏡と、その奥に見える、怯えたように揺れる目。

あの日、この動画を手に入れた日のことを思い出した。


——あれは梅雨の季節だった。

ＳＮＳに載せる予定の服を探しに、学校帰りに街へ繰り出したその日。

俺は靴屋の前を通りかかった。

服だけじゃなくて、たまには靴にも凝るかと考えながら、店の中に入ろうとすれば見慣れた後ろ姿が見えた。

長めの黒髪に、少々猫背の丸くなった背中。骨と皮だけしかないんじゃないかというくらいの細身で、俺はその姿を後ろの席からよく目に映していた。だから、その背中が誰のものか、ひと目でわかった。

「行平?」

びくっと肩を揺らして、こちらを振り返る。いつもは前髪と眼鏡で隠れた暗い表情が、いきなり俺に呼びかけられたせいか、驚きに満ちていた。

「なにして……」

行平の手にはスマホが握られていた。

その画面を見れば、カメラが起動している。

「動画?」

「あ……」

俺の姿を見て、行平は明らかに動揺を見せた。

「ちょっと借りるぞ」

怪しさを感じたので、行平の手からスマホを奪う。

そして、勝手に動画を確認すれば、そこには高校生が手を出すにはかなり値が張る革靴を履いた石川が、支払いもせずに店を出ていく姿が撮影されていた。

「うわあ、盗撮？　凄《すご》いな。よく撮れてんじゃん」

俺が動画を見ている間、彼はずっと怯えっぱなしだった。

その真っ青な顔に向かって「で」と続ける。

「どうすんの？　この動画」

怯えたように揺れる目。

「警察にでも出す？」

俺の隣で顔を強張らせて、まるで怒られる前の子供のように棒立ちをしている行平に「なあ？」と追い打ちをかけるように告げた。

「石川的には飼い犬に手を噛《か》まれた気分だろうよ」

「……さ、榊くん」

「これで石川からのカツアゲも止まるといいな」

石川とは別のクラスだが、行平は中学の頃から彼らの知り合いらしくて、時々パシリという名のいじめに遭っているのを俺は知っていた。

「でもさ、もしお前が警察に持ってって、告発でもしたら」

「……！」

「恨みを買って、もっとエスカレートする可能性だってあるよな？」

微笑むようにして訊ねれば、行平はぐっと唇を引き結んだ。

「だからさ、行平」

ゆらゆらと瞳が揺れている。

「俺に譲ってくれないか？　この動画」

恐怖か、怯えか。

どろどろに溶けていくように、動揺している。

まさか、こいつにはただのこの提案が。

「その代わり、お前には手を出させないように俺から石川には言っておくから」

悪魔のような囁《ささや》きに聞こえたとでも言うんだろうか。

「俺がお前を救ってやるから」


──い、おい。

「おい立て、榊！　てめえ！　人をあの動画で脅した癖に、結局は晒すんだな!?　あぁ!?」

何度も殴られ、蹴られ、踏まれ、それを繰り返されながら、『なんで、なんでだっ』と混乱しつつ頭を守るように抱えた。

石川は、ＳＮＳで有名な俺によく「可愛い子いたら紹介しろよ」と言ってきた。

茉優や玲奈を紹介しろと言ってきたこともある。そのやりとりに辟易《へきえき》していた俺は、あの動画を使って石川を脅した。

〝石川、これ。なんの動画かわかるか？〟

そう言って。

ただ、うんざりしていたんだ。この低能の相手をすることに。

もちろん、行平には手出しはするなとは言ったさ。

だけどそれを言い続けるかは、俺の気分で変わる。

だから、行平の学校生活は俺の手中にあったはずだ。

裏切らないように、今まで刷り込んできたはずなんだ。

「榊くん……やばいね」

「死ぬんじゃない？」

「先生たちは⁉」

「なんか電話対応に追われてるんだって！」

「えっ、でも早くしないと……」

暴力を受けるたび、跳ねるように身体が動く。

その度にクラスメイトたちが悲鳴を上げた。

ぴこん、と音がする。ああ、誰かが動画を撮っている。

やめろ、とるな、撮るな！

こんな惨めな俺を、記録するな！

なんとか瞼《まぶた》を開けば、行平がこちらを見下ろしているのがわかった。

だがその顔は怯えているのか、そうでないのか。

石川に殴られ過ぎたせいで視界がぼやけて、それはよくわからなかった。

ただ、俺が行平を見下してきたのと同じような眼差しで、こちらを見ているに違いないと思った。

「……っき、ひら……」

お前か？　お前が乗っ取ったんだろ？

「ああ!?　もっとはっきり喋《しゃべ》れや！」

でなければ、石川の動画を。

「田所先生っ、あそこです！」

「コラァ、石川！　なにやってるんだ!?」

誰が上げたって言うんだ。


——コンコン。

「お兄ちゃん、大丈夫？　もう動けそう？」

ノックのあと、軽く部屋を覗き込んできた玲奈がベッドの上で横たわったままの俺に声をかけた。

あれから一週間ほど経ち、休日になってしまった。

全身の暴行を受けてしばらく意識すら失っていたが、あんなに殴られたのに、歯の数本が折れ、左腕の骨にヒビが入った程度で済んだのは、正直奇跡だと思う。

わずかな入院を経て退院したあとは医者から安静にするようにと言われ、ここ数日は殆《ほとん》ど家で寝て過ごしていた。

そのせいで校長との約束まで時間がなかったが、石川との件もあり、少しだけ猶予が先延ばしになりそうだった。

「玲奈……」

「よかった、目の痣《あざ》は段々引いてるね」

身体を起こした俺に、玲奈はほっとしたように息を吐いた。

「それにしても、本当に大変だったね。お兄ちゃんのＳＮＳもずっとおかしなことになってるし……」

俺のＳＮＳの更新は未だ止まらず、乗っ取り犯が様々な投稿を続けていた。

もはや俺は、自分のアカウントを覗くのが怖かった。

代わりに俺のアカウントは玲奈が見ていてくれて、なにかおかしな動きがあればすぐに伝えてもらっていた。

「お兄ちゃんの暴行事件、動画で出回ってて凄いことになってるよ」

正直な話、動画の拡散は予想通りだった。

だってあのとき、みんなして俺たちにスマホを向けていたから。

目の前で起きてる暴行事件を誰も止めず、ただ動画を撮ることに夢中になっていた。

それもこれも、俺が有名人だからみんな話題として取り上げたくて仕方がないのだろう。

「それで……あの、お兄ちゃんが眠っている間に……」

言い辛そうに、玲奈が言う。

「どうした？」

「アカウント、物凄い荒れてて……見せても大丈夫？」

玲奈なりに俺を気遣っているのだろう。

いつまでも弱々しい姿は見せていられないな、と俺は「ああ」と頷いた。

すると玲奈は「ほら」と俺のスマホの画面を見せた。

《サカキ、ボコられたって？　まじざまあだなｗｗ》

《更新を続ける気力はあるんですね》
《SNS中毒だろここまできたら。病院いけ》
《乗っ取りといい暴行事件といいぜーんぶ自作自演。炎上商法》
《ほんとキモいな》
《シンプルにしね》
《てかこいつ無加工の顔まじブス笑　俺なら外歩けない》

スマホの画面を辛うじて見ていたが、うっと胃の奥から異物がせり上がってくる。

「おえぇっ」

「だ、大丈夫、お兄ちゃん!?」

玲奈が急いでゴミ箱を掴んで、背中を擦ってくれる。

クソ、ついさっき弱々しい姿を見せないって決めたばかりだったのに。

「お兄ちゃん、どうする？」

「っごほ、なにが……」

「アカウントだけど、やっぱり通報して消すのは……どうかな？　取り返しのつかないことになる前に……」

「そんなことするわけないだろ！」

怒鳴るように言えば、玲奈は華奢《きゃしゃ》な肩をびくりと揺らして「そ、そうだよね」と気まずそうに頷いた。

「あんなに、頑張って更新してたもんね……それをすぐ消そうだなんてできるわけないよね」

「当たり前だろ……玲奈にだって、色々手伝わせたし……あれを維持することで、将来的にも役に立つはずだ」

情報社会の世の中、このインターネットを上手く使った人間が勝ち組になれる。

あのアカウントは、いつか絶対なにかに使えるはずだ。

「あ、でもほら見てお兄ちゃん。炎上商法も悪くないかも。こんなにフォロワー増えてるよ」

玲奈が話を切り替えるようにして、アカウントを見せてくる。

たしかに最後に見たときよりも、一万人は増えていた。

「もうすぐ三十万人だね、凄いよ！」

「三十万……」

「でも、それだけのひとたちに見られてるってことだと思うけど……」

玲奈はそう言って、何気なく『#nswzk』というタグをクリックした。

『#nswzk』とは、西和崎高校の略称だ。

その動作に気付いた俺は「タグ……」と呟いた。

「あ、間違えたっ」

玲奈はハッとしたように戻るボタンを押す。

「見せろよ」

「で、でも……」

「いいから見せろ！」

俺はスマホを奪い取って、今一度そのタグをクリックして画面をスクロールした。

すると……。

《うちの二年、暴行事件で入院ってマ？》
《被害者、調子乗ってたから当然》
《skkでしょ？　顔だけって感じでずっと痛かったよね》
《調子乗る男子が無理。skkはまさにって感じ》

「な、なんだこれ……」

俺への悪口であふれかえっている。『skk』とはサカキの略称だとすぐにわかる。

《iskwが仕留めてくれればよかったのに、あいつの顔二度と見たくねー》
《仕留める笑　クマかよ》
《シンプルに登校してくるの楽しみ。ぼこぼこになったskkの顔が見たい。よくツラ自慢してたから》
《てかon学校辞めたんだって。sbymもこの前skk探してた》
《iskwも探してたね。krしてやるって》

止まらない、俺への誹謗中傷。

伏せ字だってろくに機能していないのに。

匿名ならなんでも書き込んでいいと思っている奴ら。

玲奈は心配するように「お、お兄ちゃん……」と俺の震える肩に手を置いた。

「私、思ったんだけど……」

深刻な面持ちで、彼女は言う。鎖骨までの長さをした黒髪は、玲奈の白い肌をさらに引き立たせていた。

俺とはまったく似ていない黒目が、廊下から漏れ出る明かりで微かに輝いている。

「お兄ちゃんの乗っ取りって、殺人予告から始まったじゃない？　あれさ……」

耳を澄ませば、部屋に置いている時計の音がした。

「いたずらなんかじゃなく」

ちく、たく。ちく、たく。

「本当、だったらどうする？」

神妙な面持ちで玲奈が言うものだから、俺はかっとなって叫んだ。

「お前は！　俺が誰か殺すとでも思うのかよ!?」

「ちっ、違うよっ！　ただ学校やＳＮＳも荒れてるからっ」

「荒れてるからなんだって言うんだよ！」

なにもかも、デタラメばかりなのに。

この荒れている理由だって、全て乗っ取りのせいだっていうのに。

どうして、俺がこんな目に遭わなくちゃいけないんだ。

「だからもしかしたら！　殺人予告されてるのって」

こんな風に、苦しまなくちゃいけないんだ。

「お兄ちゃん、なんじゃないのかなって思ったの」

現実世界とインターネットの世界なんて、本来イコールではなかったはずなのに。

「俺が……殺人予告を……」

されてる側？

「う、うん。客観的にはしてる側だけど、あんな起きるようなわからないこと、乗っ取りの皮切りに更新すると思う？　その後の投稿は、動画があったり確実な情報を拡散している感じがするのに……どうして、あれだけ予告だったんだろうって」

言われてみればそうだ。

確かに、犯人は証拠のある情報を拡散しているけれど、あの予告だけは違う。

乗っ取った犯人がノストラダムスでもなければ、あんな大胆な内容をデタラメに更新するとも思えない。

これまでの投稿内容も悪ふざけの度が過ぎている。

ともすれば、あの殺人予告は……。

「じゃあ、あれは……俺に向けて、書いてたってこと？」

「じゃないかなって、私は思うけど……」

「…………」

「乗っ取り犯、わかりそう……？」

わかるわけない。ネットがこんなにも大荒れで、犯人候補だって何人もいる。

黙ったままの俺がなにを言いたいのかわかったのか、玲奈ははぐらかすように「そっか」と呟いた。

「お兄ちゃんのことあんなに書きこむひとたちがいるんだもん……特定は難しいよね」

「……でも、早く見つけないと」

停学や退学になんかなりたくない。こんなことで経歴に傷なんてつけたくない。

「俺は、こんなところで落ちぶれてる暇なんてないんだ……」

頭を抱える俺に、玲奈は俺の肩を暫く擦りながら、真面目な口調で続けた。

「とにかく、明日は予告されてた、九月十日でしょ？　お兄ちゃん、気を付けてね」

泣きそうな顔で玲奈を見れば、彼女は両手で拳を作りながらいつもの笑顔を見せた。

「変な乗っ取りなんかに負けるな！」

「玲奈……」

「喉乾かない？　なにか持ってきてあげるよ」

立ち上がった玲奈が閉め切っていなかったドアを開こうとすると、「海斗？　今いい？」と廊下から母の声が聞こえた。

「あ、洋子さん」

「あら、玲奈ちゃん。ごめんなさい、海斗くん、起きてる？」

「うん。さっき起きたよ」

玲奈はドアを開いて母ににっこりと笑いかけたあと、ベッドの上で身体を起こしていた俺を見遣った。

「ほんと、今大丈夫？」

「多分……。平気だよね、お兄ちゃん？」

「……ああ」

ぎこちなく呟いた俺に「よかった、それじゃあ……」と言いながら母は玲奈を横目に見る。

「私、飲み物とってくるから」

玲奈は空気を読んだように、部屋から出て行った。

「海斗、大丈夫？　身体の調子はどう？」

俺のいるベッドに来ると、母は一段と優しく声をかけてきた。

「うん、今は平気……」

こんな惨めな姿を親に見られるとは。本当に情けない。

「海斗が学校に戻りたくなかったら、いつでも言ってね。お母さんはあなたの味方だから」

「ははっ、心配しすぎ。トラブルに巻き込まれただけだから、このくらい平気だよ。俺を待ってるひとだっているしさ。……言ったろ？　学校じゃ、母さんが想像できないくらい俺は人気者なんだって」

笑顔で答えれば「見栄をはらなくても……」と母の口が動いたので、俺は即座に「母さん」と強く遮った。

「見栄じゃない。事実だから」

「……そうね、海斗くんだものね」

「それでなに？　それを言うためだけに来たわけじゃないでしょ？」

「ええ」

頷いた母は、少し言い辛そうに告げた。

「もうすぐ墓参りでしょう？　正治《まさはる》さんと理恵子《りえこ》さんの」

「……ああ」

もうそんな時期か。

榊正治は父の弟で、理恵子さんは正治さんの奥さん。

つまり俺からしたら叔父と叔母に当たるひとたちだった。

そんなひとたちの命日が、じきに迫っていた。

「行けそう？　もし身体の調子が悪かったら……」

「行けるよ。だって行かないとさ」

「ええ……そうね」

夫妻は十年前、不慮の事故で亡くなった。

そのため、この話をするときは母も俺も沈んだ空気の中で、言い訳を探すように必死に言葉を吐き出そうとする。だけどその度に、上手く口が動かなくなる。

母もそれ以上言うことがなかったのか、立ち上がった。

俺は咄嗟《とっさ》に「玲奈には？」と口を開いた。

「もう言ってあるわ」

「そう」

「……海斗」

母は伏し目がちになって、言葉を付け足していく。

「インターネットもほどほどにしなさいね。玲奈ちゃん、心配してたから」

「……ああ、わかったよ」

俺の部屋を出て行く母を見ながら、俺は思う。

毎年この時期が、一番。

「……だる」


『九月十日、月曜日の天気予報をお知らせします』

テレビのニュースキャスターがそう告げたとき、俺は妙に心臓の音をうるさく感じた。

「ほら、いっぱい食べるのよ。海斗」

本当は休んでしまいたいのが本音だった。

だが、両親には心配はかけられないし、学校の奴らにだって〝学校にも来られない弱い奴〟だなんて思われたくない。

それに学校からの処分なんて受けたくないし、乗っ取りに屈服なんてしたくない。

絶対に犯人を見つけてやる。

俺をここまで追い詰めた奴に、目に物見せてやる。

『もしかしたら！　殺人予告されてるのってお兄ちゃん、なんじゃないのかなって』

玲奈の言葉が忘れられない。あれはあながち間違っていないのかもしれない。

何故なら、本日アカウントに更新されていた言葉は。

《やっと今日ですべてが終わる》

いつもならおふざけ全開の文章も、今日に限っては簡素で。

《さようなら、エリーニュス》

どこか難解だった。

「用心するに越したことはないよ。気を付けてね、お兄ちゃん」

家を出る前に、玲奈に応援の言葉を貰った。

「簡単にやられるお兄ちゃんじゃないんだから！」

もちろんだ、負けてられないからな。

そんな言葉を返した気がするが、正直、緊張でなにを言ったか覚えていなかった。

用心のため、キャンプが好きな父親の持ち物からサバイバルナイフを拝借した。

これで、俺を殺してこようとする奴がいても、少しは防衛ができるはず。

むしろ、俺を襲ったことを後悔させてやる！

いつでもかかってこい、犯人。

学校までの道のりはいつもより長く感じた。

周囲への警戒が解けなくて、いつでも反撃ができるように構えていたというのも大きい。

とにかく息切れがすごくて、俺はよろけるようにして校門にもたれかかった。

「っはあ……」

「海斗？」

声の方を見れば茉優が立っていた。

「大丈夫？」

「はあ、はあっ……」

咄嗟にポケットにあるサバイバルナイフを右手に握りそうになったが、茉優が「ねえ、顔色が悪いよっ」と慌てたように言葉を続けた。ギプスのついた左腕のずきずきとした痛みが増している気もした。

「顔色が酷いけど寝てないの？　保健室に……」

「っ触るな！」

茉優の手を叩くように弾く。

茉優は乗っ取りの犯人候補だ。俺をいつ殺そうとするかわからない。

その証拠に……。

「どう、したの……？　ねえ、海斗……なんか変だよ？」

ぐちゃぐちゃな真っ黒の線に埋め尽くされて、茉優の顔は見えなかった。

ただ、心配しているような声音だけが認識できて、尚更、気味が悪かった。

なんだよ、なんだって……。

「俺が、なにをしたって言うんだよ……」

「海斗!?　待って、海斗！」

急いで校舎に向かって走り出す。

そして、廊下で誰かにぶつかりそうになった。

「危ないな！　廊下を走ってはいけな……榊くん？」

「き、きなみ……？」

ひっ、と喉の奥から零れ落ちそうになった悲鳴を呑《の》み込む。

ぶつかりそうになった相手は木南だった。

「よかった、学校に来られたんですね。心配していたんですよ。身体の調子は……」

自分に向かって伸ばされた手を、俺は振り払う。

「やめろっ、触るな！」

咄嗟に身体を引いた俺に、木南もまた茉優みたいな声音で「ど、どうしたんですか？」と言う。

木南は犯人候補として、俺の中で名前が上がっている。

そのせいか、顔は案の定黒々と塗り潰されているように見えた。

「なにしてるの、あれ……」

「あ。あれ榊くんじゃん」

「嘘……顔がやつれてて気付かなかった」

はっとして周囲を見ると、ひそひそと話している彼らも、俺の視界の中で顔が黒々と塗り潰されていた。

誰が……一体誰が、俺を殺そうしている乗っ取り犯なんだ……！

急いで教室に向かう。

今日はここから出ない。いわば籠城だ。

うろうろと歩き回るのではなく、立てこもりながら犯人を待つのが手っ取り早い。

だって敵の目的は、俺を殺すことなんだから。

「おい榊〜、エリーニュスってなんだよ。お前、休んでる間に、ずいぶんと嗜好《しこう》が変わったな」

教室についてすぐ。馬鹿にするように声をかけて来たのは佐々木だった。俺がいなかったこの一週間で、随分とでかい態度をとるようになったんだな。

「神話の画像なんか載せちゃって、知的アピですか？」

俺のSNSにはそんな画像が載っているんだ、と思いつつ「猿は黙っとけ」と呟くように言えば、「なんだと！」と佐々木は憤ったように足を踏み出した。

だが、それを――。

「佐々木くんやめて！　榊くん、病み上がりなんだよ！」

「は……行平？」

行平が止めた。素っ頓狂な声を上げる佐々木をはじめ、教室中が驚いて彼を見る。あんなに静かで、おどおどしてて、自分に自信がなさそうだった行平が、人気者の俺を助けた。……だって？

「お、お願いだよ。頼むから、静かにしてあげてくれないかな……？」

「……っぷ、あははは っ！　おい榊！　お前、惨めだな？　地味男くんに庇《かば》われてやんの！」


行平が俺を庇ったことで、佐々木がさらにげらげらと笑った。

ああ、なんて余計なことを。

「佐々木くん、僕は……っ」

「余計なことすんな！」

怒鳴るように言えば、行平は肩を揺らして席に着いた俺を見た。

「誰が助けてくれって頼んだよ……」

こいつが犯人だったなら、俺をここまで陥れて、そうして救おうとする振りまでして。

これまでにないほど惨めな思いを俺にさせようとしているんだ。

「偽善者ぶるな！　馴れ馴れしくしやがって、お前と俺は違えんだよ！」

殺される前に、こいつの背中をずたずたに切り裂いてやるのもいい。

やられる前にやらなければ、俺が殺されてしまうんだ。

怒鳴るように告げた俺に向かって、行平がなにを思っているかはわからなかった。

何故ならその表情は他の奴らと同様、真っ黒に塗り潰されていたから。

「結局さ、小野先生は退職、柴山先輩は停学、石川くんは退学になったんだって」

「うわあ、九月呪われてんね。夏休み明け早々とかえぐすぎでしょ」

こそこそと話している声が聞こえてきて、俺がいない間になにがあったのかを把握する。

大体のことは玲奈に聞いていたが、クラスメイトからその話が聞こえてくると、やけに現実味が増した。

俺はずっと、ポケットに入れているサバイバルナイフに手をかけていた。

いつ誰が、俺に襲いかかってきてもいいように。


「ねえ、ねえ……海斗ってば、お昼食べないの？」

いつの間に昼休みになっていたのか。

他クラスのはずの茉優が俺に向かって声をかけてきた。張り詰めた緊張がよりいっそう高まる。

「なんでずっと怖い顔してるの？　それに息も荒いし、今日は早く帰った方がいいよ」

「……余計なお世話だって、言ってんだろ」

お前もどうせ、人気者の俺を助けた優越感に浸りたいだけなんだ。

「海斗……」

心配そうに名前を呼んだって無駄だ。全部、演技だっていうのもわかってる。

俺に危害をくわえそうになったら、速攻でやり返してやる。

「榊！　榊海斗はどこだ⁉　二年のC組だってことはわかってるんだ」

すると、教室の外が急に騒がしくなった。

「いた、お前だな！　榊海斗！」

名前を呼ばれて教室の出入口に顔を向けると、私服姿の柴山先輩が現れた。

「お前のSNSのせいで、小野先生がこの学校から追い出された……どうしてくれるんだよ！　僕と先生にどんな恨みがあるって言うんだ！」

一目散にこちらに向かって歩いてきて、気づいた頃には思いっきり胸倉を掴まれた。

全校朝会とかで見た柴山は、だいぶ利発そうな先輩に見えたけど、今は感情に呑まれた鬼のような形相をしていた。周囲と同じく真っ黒く塗り潰されていたが、ここまで近づけば薄っすらと表情が見えるものなんだなと、ぼんやりと思った。

「きゃあっ、先輩！　やめてください！」

茉優が悲鳴を上げる。そして、そばに座っていた行平も慌てて立ち上がる。

「やめてくださいっ、先輩！　もしもここで暴力沙汰を起こしたら停学だけじゃすまなくなりますよ！」

「西荻さんは黙っててくれ！　これは僕とこいつの問題だ！」

茉優を『西荻』と呼ぶ柴山。ああそうか。茉優は柴山とは中学のとき、同じ部活だったっけ。

ってことは、繋《つな》がりがあったんだな。

「せ、先輩……こんなことしても、小野先生は喜びませんよ！」

「行平まで……だがこんなクズ！　粛清した方がこの学校のためになるだろ！」

行平……ああ、そうか。こいつは生徒会で柴山と一緒なんだ。

「粛清……粛清か……」

なんだ、俺はてっきり、犯人はひとりだと思っていた。

よく考えたら、木南は生徒会顧問だし。

柴山と繋がりがあるから、手を貸した可能性だってある。

俺のアカウントを乗っ取り、自らのゴシップを晒してでも、こいつらは俺を潰したかったのかもしれない。

だがなんのために？　そんなに俺が目障りだったのか？

「ああ、でもそうか……生徒会長は支持が大事だしな……」

学校中の支持を集める俺に、嫉妬でもしたのかもしれない。

「さっきからなにをぶつぶつ言ってるんだ……？　お前、今どれだけのひとに迷惑をかけているのか知らないのか！　このSNSだって……」

柴山が着ていたジャケットの内側に手を忍ばせた。ああ、来る。

ついに……。

どいつもこいつも真っ黒に顔が塗り潰されていたのはそういうことだろう。

みんなして、協力しあって俺を潰そうとしていたんだ。

で、なければ証明できない。

アカウントを乗っ取るだけにとどまらず、俺のスマホに収められた写真や、西和崎高校の関係者にまつわる情報を自由に入手するなんて、関係者以外にできるわけがない。

乗っ取りの犯人、つまりそれは。

「……見ぃつけた」

「え……」

目の前にいる全ての奴らだ。

ぷしゃあっ！

と、赤い色で視界が染まった瞬間、ようやく景色が明瞭になった気がする。

しかし、相変わらずひとの顔はぐちゃぐちゃでなにも見えやしなかった。

サバイバルナイフで柴山の首を刺すと、柴山はジャケットから取り出そうとしていたスマホを落とした。

カタン、と落ちたそれを見下ろして「なんだ……」と拍子抜けした。

俺と同じようなナイフを持っているかと思ったけど、そうじゃなかったんだ。

「スマホかよ……」

あーあ、構えていたのに。いつ俺を殺す気なのかと。

やられる前にやるつもりだったのに、これでは些《いささ》か拍子抜けだ。

「きゃあああああっ!?」

近くにいた茉優が叫び上がった。

「し、しばや、ま……せんぱっ」

どさりと、人形のように倒れ込んだ柴山を真っ青な顔で見ながら、行平は腰を抜かしていた。

「に、逃げろ！」

「先生、呼んでこいっ!!」

教室中がパニックになる。そんな中でも動画だけは忘れないとばかりに、スマホで撮影する奴らもいた。

やめろ、撮るな。

「おい、やめろ」

ピコン。

「撮るな」

ピコン。

「撮るなって」

ピコン。

「撮るなよ！」

床に落ちた柴山のスマホの画面には、俺のＳＮＳが表示されている。

そして、リアルタイムで更新された。

俺が柴山を刺した動画が載る。

ばっと顔を上げて、「誰だ!?　誰なんだよ！」と見回す。

いる、いま。ここに。

「お前だろ！　茉優！」

俺のＳＮＳを更新している奴が。

「えっ、あぁっ……」

柴山同様に茉優の首にもナイフを刺す。

しかし、またも動画が更新される。クソ、違った。

「行平かぁ!?」

「えっ、あ、うあああっ！」

行平を滅多刺しにしても、また動画が載る。

なんで、なんでなんで……！　なんで更新が止まらないんだ！

「やめなさいっ、榊くん！」

木南が目の前に現れて、ああもうこいつしかいないと腹部に目掛けてそれを刺す。

すると、俺のＳＮＳが止まった。

やった、止まった！

そう思って引き抜いたナイフを見下ろしたとき、身体中が真っ赤に染まっていた。

血肉を抉《えぐ》り、柔く硬い感触をナイフ越しに得たとき、何とも言えない快感が全身に広がっていくようだった。

そう思考を巡らせて動きを止めた瞬間、田所たちが俺を押さえにかかった。

「榊ぃ！　お前とんでもないことしでかしてくれたな⁉」

床に身体を押さえつけられて、物凄い力で全身を潰される。

窒息死させられるんじゃないかってほど肺と胃が苦しくなって、喉の奥から吐しゃ物が出た。

ああ、ダメだ。何人もの大人に押さえられたら、さすがに太刀打ちはできない。

意識を失いそうになっていると。

「お兄ちゃんっ、お兄ちゃん！」

玲奈の声が聞こえた。

生徒たちに止められながら、彼女は俺のことを必死に呼んでいた。
ああ、ああっ……。
「れ、な……」
床に身体を擦り付けられる俺を、どういう気持ちで見ているんだろう。
ごめんな、みっともなくて。
ごめんな、でもやったよ。
犯人を、乗っ取り犯を全員、殺したんだ。
簡単にやられるお兄ちゃんじゃなかったろ？
血に濡れた手で、武者震いのように拳を握る。
玲奈が俺を励ますときにやってくれたように。
すると玲奈は、俺に向かってにんまりと笑ってくれた。
右手にスマホを掲げながら。
「お兄ちゃん……」
その不自然な仕草の意味はわからないまま。
俺は意識を失う寸前、床に落ちた柴山のスマホが映し出す俺のＳＮＳを見た。
すると、木南をナイフで刺した動画が更新されていた。
は……？　嘘だろ？

「な、ん……で……」

目を見開き、口を動かした次の瞬間、俺はついに意識を失った。

その直後、先生たちに押さえつけられている俺の無様な姿が動画としてＳＮＳに載り、ネットは騒然とした。

西和崎高校殺人事件が世間を震撼させた、その日。

俺のＳＮＳは、当初の望み通り有名なアカウントになった。そして。

《お疲れさま、海斗くん》

俺のＳＮＳは、その呟きを最後に止まったのだった。

「玲奈ちゃん」

「あ、洋子さん」

「ごめんなさい、あなたの大事な日をこんなに先延ばしにしてしまって」

「いいんですよ。だって大変だったじゃないですか」

洋子さんは、殺人を起こした息子のことで、毎日疲弊しきっていた。

洋子さんの旦那さんである榊浩二《こうじ》さんは被害者のご遺族と今日もまた話し合いをするために、墓参りには来ていなかった。

「玲奈ちゃんをこんなに遅く来させるなんて、正治さんと理恵子さんには、大変申し訳ないことをしたわ」

洋子さんが言う。

「いいんですよ、こうして来られるだけで」

と、私はまた答えた。

だって、こう仕向けたのは私だもの。

「だけど……」

「私、洋子さんたちには感謝してるんです。お父さんとお母さんが死んじゃってから、嫌な顔ひとつせず、ここまで育ててくれて」

「玲奈ちゃん……」

涙ぐむ洋子さんは、とても親切で優しいひとだ。

「当然よ、あのバカ息子さえいなければ……正治さんたちだって、今頃……」

あれは十年前、海斗くんの家族と私の家族とで、沖縄旅行に行ったときのこと。

海斗くんは私のひとつ上の従兄弟で『お兄ちゃん』と言って慕っていた。

せっかくの旅行だったが、その日は台風が近づいていたこともあり、外に出るのは危険だって言われていた。

なのに、七歳の海斗くんが外に出たいと言って聞かなかった。

海斗くんの両親はそのとき、お酒を飲んでいて、もう運転はできないということで、うちの両親が少しだけ遊びに連れて行ってあげる、と海斗くんに言った。

私は眠くて、その遊びにはついていけなかった。

「玲奈、いい子でお留守番しててね」

両親が私の頭を撫《な》でて出て行く。それが、私が見た両親の最後の姿だった。

「子供が車内で暴れたんだっけ？　たしかアイスを食べたいとか、そういう理由で」

「まさかそれで、注意が散漫になって事故に？」

「ええ。大型トラックとの衝突でしょう？」

「母親が咄嗟に抱き抱えて、奇跡的に子供は助かったらしいけど」

「運転手もその母親も、結局だめだったみたいよ」

「子供をきちんと躾けていれば……また違ったかもしれないわね」

通夜に参列したひとたちの会話を聞きながら、『どうして？　どうしてなの？』と私は両親の死がいつまでも受け入れられなかった。

そんな私への罪の意識からか、洋子さんや浩二さんが私を引き取ってくれた。

まるで私のことを娘のように扱ってくれるふたりに、私は心から感謝した。

そして、感謝しながら、酷く憎かった。

「玲奈さ、うちの両親にはちゃんと感謝しろよ？　お前がひとりで辛くないように、あんだけ可愛がってくれてんだから」

こんな無神経な悪魔みたいな人間を、この世に産み落としたことに対して。

「なあ、お前。どうしてお兄ちゃんって呼ぶんだよ？　昔は海斗くんって呼ぶときもあったろ」

どうしてこんな男が生き残っているんだろう。

「俺と同じ高校？　従姉妹が同じ学校か、ちょっと恥ずかしくね？　一緒に住んでんのも嫌なのに」

どうして、お母さんもお父さんも、こんな奴のために死んじゃったの？

「なあ、玲奈。俺ってカッコイイじゃん？　だから、ＳＮＳとかやろうと思ってんだけど、どう思う？」

どうして、どうしてどうして?

「私が手伝ってあげるよ」

復讐してやろうと思った。

私のものを奪ったこいつが、望んだものを手に入れた瞬間、根こそぎ奪ってやろうと思った。


「——あーあ、海斗くんは勿体ないな」

「え?」

「だって、洋子さんたちみたいな優しくて素敵なお母さんお父さんがいるのに、こんなに苦しませて、傷つけて」

バカな海斗くん。

「私だったら絶対に悲しませないのに」

恵まれてるって気付かずに、自分勝手に傲慢に生きたから、そうなったんだよ。

「私、洋子さんたちみたいな両親が欲しかったな……」

SNSなんて所詮、かりそめで。

積み上げたものが崩れ去るのは、瞬く間なのに。

「っ、なにを言ってるの玲奈ちゃん!」

わかっていたはずなのにね。

大事なのは、現実の方だって。

「あなたは大事な娘よっ」

洋子さんが抱きしめてくれる。

あたたかい。あたたかくて、私が抱きしめ返したらすぐにでも壊れてしまいそう。

「……海斗くんは？」

「あの子はもううちの子じゃないっ！　ひと様の命を奪って、のうのうと生きられるなんて思って欲しくないもの……。一生、牢《ろう》の中で罪を償ってもらいたいくらいだわ！　私たちもあの子をあんな風に育ててしまった責任を、いつまでも取っていこうと思うから……」

「そう、じゃあ私も……」

「玲奈ちゃんはいいの！　なにも考えず、ただ幸せに暮らしてくれれば、それで……」

「洋子さ……ううん、お母さん」

「……っ！」

「お母さん、私、お母さんのこと大好きだよ」

「私もよ。私も、あなたが。玲奈が大好きよ……」

抱きしめ合いながら、私は微笑んだ。

ありがとう、海斗くん。あなたのおかげで、私、やっと欲しいものが手に入った。
でも、言ってたもんね。
「……有名になれたならご褒美くれるって」
ありがとう、ようやく貰ったよ。
「どうかしたの？」
私に頼りきりだった、バカな海斗くん。
まっさきに乗っ取りの犯人として疑うべきは、私なのに。
情けなくなるくらいバカで、殺したくなるくらいクズで本当によかった。
そのお蔭で、私の復讐はこんなにあっさり終わったから。
「ううん、家族っていいなって思ったら涙が止まらなくて」
笑いながら、泣いて、泣いたら、また笑って。
私は空を見上げる。
澄み渡るような、真っ青な空だった。
長かったようで、あっという間。
瞬くように、全てが終わった。
私は父と母に思いを馳せながら、ゆっくりと深呼吸をした。
十年間の復讐を終え、今、ようやく息ができたような気がしたのだった。

今夜、あなたに告白を

深山琴子
Kotoko Miyama

…

振り返ると、俺の人生のピークは高校生の頃だったと思う。

誰もが認めるイケメン、サッカー部のエース。グラウンドの周囲には常に女子生徒が集まり、俺がボールを蹴るたびに歓声があがっていた。

チャットグループでは俺の試合中の隠し撮りが共有され、女子たちはそれを愛でることで俺への憧れをつのらせていた。噂ではファンクラブまであったらしい。そのうち男子までもが俺の写真を撮って女子に売りつけるようになり、何人かはバレて先生に摘発されていた。

テストを受ければ全国一位で、授業が終わるたびにクラスメイトが勉強を教えてほしいと集まっていた。文武平等とはまさにこのこと。すべての人類から将来を期待された俺は、まさしく神童、選ばれし存在だった。

……などということは、一切なかった。高校時代の俺は運動部ではなく文化部、勉強は中の下、桜の木の下で告白される同級生を横目で見ながらクラスメイトと深夜アニメの話題で盛り上がる、絶妙に痛い日々を送っていた。それでも俺は、あの頃が人生の中で一番輝いていた。

高校を卒業して六年が経ち、今は社会人二年目だ。押しも押されもせぬブラック企業勤務である。ふとハゲ上司の怒り顔を思い出して、さっき食べた枝豆がペーストとなって出てきそうになった。はっとして上半身を起こす。

どうやら半寝状態だったらしい。あたりを見渡すと、目の前には発泡酒の空き缶と年代物のパソコン、そして三人の元同級生がいた。

俺の様子に気付いたイチカが、赤ら顔で笑っている。

「あ、ヒロキ起きたー。相変わらずお酒よわっ！」

彼らはモニターの中、三つに分割された枠にそれぞれ収まっていた。

今日は、高校時代の部活仲間とオンライン飲み会の日だ。

高校でできた友人は一生モノになるというけれど、こいつらがまさにそれ。社会人になっても縁は切れず、半年に一度ほどオンライン上で集まるのが恒例になっていた。今回も土曜夜七時に集まって、そこから飽きもせずにぐだぐだと飲み続けている。

モニターの向こうには多種多様な部屋の風景がある。リビング、自室、キッチンの片隅。それぞれがそれぞれのアルコールとおつまみを前に、好きなように過ごしている。

長方形の中でうごめく人間というのは、精巧なミニチュアのようで面白い。いや、ミニチュアなのは格安で買った俺の十インチのモニターか。

みんなの会話を聞きながら発泡酒を飲んでいると、ふと、イチカの声が響いた。

「〝ねぇ、告白大会しなーい？〟」

右下の枠の中でイチカがグラスを揺らしている。俺はあくびをしながら答えた。

「なに、告白って。この中に好きな奴でもいんの？」

「そっちの告白じゃなくてー。秘密を告白する方の告白。みんなでひとりずつ自分の秘密を話してくの」

「なんでそんなことしなきゃいけないんだよ」

「話題が尽きたから〜」

たしかに話題は尽きていた。もう三時間もぶっ通しで話しているのだ。近況や思い出話、最近ハマっていることや職場の愚痴、今話したいことはあらかた話し終えていた。

話題がないなら解散すればいいのに、みんな名残惜しいのか解散のかの字も言わない。そういう関係性が俺は気に入っているけれど、イチカから提案された企画はあまりにもスカスカで、上司に提出したら即ボツをくらいそうな代物だ。

「秘密なんてねーよ。あったとしてもお前らだいたい知ってるだろ。そこそこ長い付き合いなんだし」

「えー、なくはないでしょ。たとえばー、ヒロキが二年生の頃補習受けてるときにトイレ行きたくなって、でも沢田《さわだ》先生怖いから言い出せなくて、女子生徒もいる中で盛大に漏らし」

「わかった。やろう。やりましょう」

「秘密なかったら、でっち上げでもいいからね！」

でっち上げ？

つまりはうそってことかよ。自分の秘密なんてパッと思い浮かばないけれど、うそをつけと言われてもそれはそれで浮かばない。

そもそも、そんなことを発表し合って楽しいのだろうか。

……秘密、なんて、今さらなにもないのに。

ひとまずなにを言おうか考えていると、モニターの左下、やたらと図体のでかい男が手を上げた。

「〝じゃ、俺からいきまーす〟」

ユウダイだ。ビール瓶を傾け手酌をしている。

彼は部員の中でもリーダー的存在だった。

というか、部長だったのだから当然だろう。ユウダイはリーダーシップがあり部員の悩みも真摯に聞いてくれる、頼れる存在だった。俺も困ったことがあるとまずユウダイに相談していた。

彼は料理全般、特にお菓子を作るのが得意で、よくクッキーやカップケーキを作ってはクラスで振る舞っていた。今も彼の前にあるのはお手製ポテトチップスだ。まめなところは高校時代から変わっていない。

ユウダイはリビングの机の上に肘をつくと、わざとらしく声のトーンを落とした。

「〝……俺、実は借金してるんだよね〟」

一瞬、しん、と場が静まった。

社会人になった今、借金というワードはいくらか現実的な単語として耳に入ってくる。最近聞いたのは、人事部の課長がギャンブルにのめり込んで借金地獄という話だ。薄給であるうちの会社の給料では返済しきれず、とうとう三か月前に退職してマグロ漁船に乗せられた。ていうかうちの社員の質はどうなってるんだ。仮にも課長だったんだが。

とりあえず、ユウダイが借金なんて初耳だ。

この〝秘密〟はうそかもしれない。借金があるなら今までの会話の中で少しは話題に出るだろう。

俺はまだ信じないつもりで、発泡酒に口をつける。

「ふーん。いくら？」

「〝二千万〟」

いやいや。二千万て。

額がでかい。大学の奨学金を借金と呼ぶのならユウダイでもあり得ると思ったけれど、それとは違うようだ。

「なんだよそれ。……うそだろ？」

「いや、ほんと。〝俺さ、キッチンまわりの便利グッズを作る会社を立ち上げたんだけど、全然売れなくて先月倒産したんだよね。で、商品作った資金を回収できないままだからすげー借金が残ってて〟」

言われて、高校時代のユウダイを思い返した。

部活中、ユウダイは目の前に並んでいる包丁やまな板を眺めながら、こんな話をしたことがあった。

〝なぁ、包丁ってだんだん切れ味悪くなるじゃん。でも研ぐのって面倒だし、砥石《といし》扱うのは難しいよな。だから、スライドさせるだけで簡単に包丁が研げるグッズがあったら便利じゃねぇ？　なんならそのグッズの中に包丁収納できるようにするとかさ〟

〝まな板の上の野菜、鍋に入れるときボロボロこぼれるんだよな。やわらかいまな板があったらどうかな。両脇を丸めてすべり台みたいにしたら鍋に入れやすいよな〟

いや、その商品もうとっくに売られてるから。

そうツッコもうと思ったけれど、たしかにな、とだけ答えた。ただの世間話だ、否定してわざわざユウダイのテンションを下げることもない。こういうのは受け流すに限る。

ユウダイは企画力はないけれど、別に将来それで食っていくわけじゃないと思っていた。仮に料理関係で生きていくとしても、料理人やパティシエとかだろう。料理は料理でも、ユウダイに商品企画は似合わない。

あぁでも、ユウダイは高校を卒業したあと料理の専門学校じゃなくて、有名私大に通っていたっけ……。

「ユウダイ、二年前に普通に就職したんじゃなかったっけ。それに、そんだけ借金してたらこんなとこでのんきに飲み会してられないだろ。金策に走れよ」

「〝いや、一度就職はしたけど退職したんだよ。起業する夢が忘れられなくてさ。別に、これだけ借金があったら飲み会しようがしまいが変わらないだろ〟」

いやいやいや。ユウダイはそんなに適当な人間じゃなかった。

仮に起業したとしても、最悪の事態に備えてリスクは抑えていただろう。部長だったときだって部費を使うときの金銭感覚はしっかりしていた。借金なんて、絶対うそだ。

混乱したまま残りのふたりを見ると、それぞれのんびりとワインとレモンサワーを味わっていた。

「〝大変じゃーん、ユウダイ〟」

「〝返済がんばって！　応援してる〟」

いやいやいや。なんだその軽い返しは。お前ら本当に友達かよ。

「あのさ……やめね？　この告白ごっこ。マジなのかよくわからないし、なんか暗くなるっていうか……」

「じゃあ次、私ね。〝実は私、超能力ありまーす！　あと言ってなかったけど、先月結婚しました！　ここが新居でーす！　あと実は、このワインはぶどうジュースでほっぺの赤みはチーク、なんとシラフでーす！〟」

「いやいや、もういいって」

騒ぐイチカを止めた。こいつの言うことは昔から突拍子もなくて、ユウダイ以上にうそだか本当だかわからない。話すだけ無駄だ。

こいつらとはなにを話していても楽しいけれど、さすがにこんな話ならしりとりでもしていた方がいい。

なのに、モニターの中の三つの枠の頂点、一番上に表示されている人物がサワーを飲みつつ手を上げる。

「次、私の番ね。〝実は私、親が予言者で、私もその血筋を持ってるの。ちょうどさっき未来が見えました。近々、この四人の中の誰かが死んでしまいます！〟」

「は？」

――リコだ。

その言葉に、耳を疑った。

リコは部員の中でも大人しい部類の生徒だった。

日頃から、イチカが騒いで俺がツッコむのを静かに笑って眺めていた。小動物みたいに小さくてかわいらしい、穏やかなひとだ。

誰かが死ぬとか、そんな悪ノリをするようなひとじゃないのに。

「……いやいやいや。リコまで無理してイチカたちに付き合わなくていいよ……」

「ほんとだよ。〝映像が降りてきたの。誰だかわからないけど、ナイフでひと刺しされる場面が〟」

「〝えっ、こわ！〟」

「〝俺かなー、やだなー〟」

「いやいやいや……。うそはうそでも、そんな不吉なうそはやめろよ……」

なんなんだ、このおかしなノリは。どうなってるんだ？

イチカならともかく、しっかり者のユウダイや冗談すら言わないリコまで変なことを言い出している。とても正気とは思えない。

混乱していると、ふと手元の発泡酒が目に入って謎が解けた気がした。

あぁ、そうか。原因はこれか。

「……もういいから。全員飲み過ぎ。ちょっと頭冷やせよ」

ぱんぱん、と手を叩いた。ここまでぐだぐだになるくらいならそろそろ解散するべきだろう。三人の体調も心配だ。

そのとき、どこからかドアベルの音が鳴った。

俺の部屋ではない。三人の家のどれかのようだ。でも、三人のうちどの枠からも声や音の反応が出ていて、どの部屋なのかはわからない。

すると、ユウダイが立ち上がった。

「〝あ、ちょっと待って。誰か来た。今夜お袋出かけてるんだよな〟」

「〝う……ちょっと吐きそうかも。お水飲んでくるね〟」

イチカも立ち上がり、カメラの向こうへと姿を消す。空っぽになったふたつの空間を眺め、残されたリコを見ると、とろんとした表情でサワーを飲んでいた。

ふたりきりになってしまった。

唐突なこの状況に、急に緊張し出してしまう。四人で話すときはいつもユウダイとイチカが話を引っ張っていたから、ふたりがいなくなるとどうしたらいいのかわからない。今までは放っておいてもなされていた会話を、自分が繋《つな》がなればいけなくなる。

密かに焦っていると、リコが不意に笑い出した。

「……なに？」

「なんか、楽しいな。高校の頃に戻ったみたい」

その笑顔は月日が経っても変わらない眩《まぶ》しさで、俺もつい笑みがこぼれてしまった。

「たしかにな。いっつもくだらない話してたよな」

「イチカちゃんとヒロキくんのかけ合い、好きだったなぁ。痴話喧嘩みたいで」

「やめろよ。俺はウザかった」

「ヒロキくんはさ、なにか秘密ないの？」

ぎく、と肩が揺れた。

告白大会。せっかく逃れられたと思ったのに、覚えていたらしい。

でも秘密なんて思いつかないし、うそを言うにもそれなりのエネルギーを使う。イチカたちのノリについていくのはだるかった。

「俺はいいよ。秘密なんてないから」

「ふふ。本当に？　ヒロキくんの秘密、聞いてみたいのに」

「いや、ないよ。本当にない」

リコの大きな瞳が、画面越しに俺を捉えて離さない。その目を見ていると、急に高校時代の彼女を思い出した。

俺とイチカが言い争っていると、そっと寄ってきて楽しそうに俺たちを眺めていたこと。

一緒に食材の買い出しに行って、ついでに公園に立ち寄り逆上がりを教えたこと。

リコといる時間は、静かで、穏やかで、平穏で。

いつだって、やさしい時間だった。

「そういえば、秘密……あったわ」

つい口走ってしまった。

俺は今、余計なことを言おうとしている。

いつユウダイたちが戻ってくるかわからないのに。

こうしてる間だって、俺たちの会話はふたりに聞かれているかもしれないのに。

……それに、こんな、秘密。

今さら言っても、迷惑なだけなのに……。

「なに？」

わくわくした表情でリコが俺を見つめている。

心臓が鳴る。手に汗が滲《にじ》んでいく。

それでも小さく深呼吸をし、少し間をおいてから、ゆるゆると口を開いた。

「……本当は、高校の頃から……。リコの、こと」

「〝うわっ！〟」

突然どこからか大きな声がして、俺の言葉は途中で途切れてしまった。

ユウダイだ。声のあとに、どすんとなにかが床に落ちる音がする。画面には映っていないけれど、おそらくユウダイが倒れた音。

イチカが飛んできて、右下の画面から顔を出した。

「〝なに？　どうかした？〟」

「いや、ユウダイが……。ユウダイ？　なにかあったか？」

「〝逃げんな、キムラユウダイ！〟」

ドスの利いた声が聞こえた。明らかにユウダイではない、第三者だ。

唐突な部外者の乱入に、どうしたらいいのかわからなくなる。

「〝ずいぶん捜したぜ。こんなところに逃げ込んでたとはな！　返済終わるまで、もう逃さねぇぞ！〟」

事態を飲み込み、さっと血の気が引いた。

「え、え……？　……まさか」

本当に、二千万の借金が？

まさか、マグロ漁船？

そういえば、今日のユウダイはいつもの自分のマンションではなく実家から飲み会に参加していた。もしや、借金取りから逃げてきたのだろうか。

混乱して画面を見つめるものの、玄関にいるユウダイの姿は確認できない。

「ユウダイ！　大丈夫か！」

「〝やだ、どうしよう……〟」

「〝ユウダーイ！〟」

叫び声がしてモニターの右下を見ると、イチカが両手を前に突き出していた。

眉間に皺を寄せ、ぶつぶつと呪文のようなものをつぶやいている。どこか尋常ではない様子だ。

そして気合いを入れるように、目を見開き再度叫んだ。

「〝はっ！〟」

画面がパッと光り、イチカの姿が見えなくなる。

そして次の瞬間には、ユウダイがイチカの横に転がっていた。

「〝うおっ。……あぁ、ありがとうイチカ〟」

「〝お安いご用よ〟」

「は？　は？　なに？」

事態を飲み込めない。

まさか、本当にイチカには超能力が？

テレポーテーション？

ユウダイの部屋で、ちくしょう、どこ行きやがった、と声がする。画面の端で男がきょろきょろとユウダイを捜していた。リビングの奥なのでよく見えないが、スーツにサングラスといういかにもな男だ。

こちらには気付いていない。でも見つかるのは時間の問題だろう。

そのうち男はイライラしたように、テーブルや棚を蹴り出した。

「〝出てこい、キムラユウダイ！〟」

部屋を荒らしている。むしゃくしゃしているのもあるだろうし、金目のものを探しているのかもしれない。

激しい音とともに、画面外に置いてあった段ボールが転がってきた。その拍子に、中に入っていた小さな箱が飛び出てカメラの前に落ちる。

パッケージには『切れ味バツグン！　ラクラク包丁研ぎ』と書かれていた。

「〝イチカちゃん！〟」

今度はリコが叫んだ。

イチカは殴られたらしいユウダイの頬をおしぼりで冷やしていた。

「〝お願い、私をユウダイくんの部屋に連れていってちょうだい！〟」

「〝え、どうして？　危ないわ！〟」

「〝いいのよ！　お願い！〟」

イチカは迷った様子だったが、また両手をこちらに向け集中する。画面が光り、次の瞬間にはリコはスーツの男と対峙《たいじ》していた。

「〝誰だ、てめぇ〟」

「〝もうやめて。それ以上ユウダイくんの夢を壊すのは許さないわ……！〟」

リコの手には包丁が握られていた。ワープ前に自分の家のキッチンから持ってきたものだろう。

スーツの男はそれを認めると、ふっと笑みを浮かべ、内ポケットからナイフを取り出した。

その瞬間、先ほどのリコの言葉が思い出された。

〝近々、この四人の中の誰かが死んでしまいます〟

〝ナイフでひと刺しされる場面がえ。

まさか。

……死ぬのは、まさか……。

「リコ」

自分が危機に陥っているわけじゃないのに、走馬灯のようにまた高校の頃の景色が頭をよぎった。

部室のカーテンにくるまり、無邪気に遊んでいるリコ。

イチカと一緒に、アプリのゲームをしてはしゃいでいるリコ。

思えば、俺の青春はリコの笑顔に占められていた。スポットライトなんて当たらない高校生活だったけれど、彼女がそばにいたことですべては輝いて見えた。たとえその笑顔が、俺だけのものじゃない、部員全員に向けられたものだったとしても。

スーツの男がナイフを持ち直す。

リコは震えながらも、包丁を強く握りしめる。

なんで。

どうして。

——こんなの、嫌だ。

「やめろ！」

叫びも虚しく、ナイフはリコの体へと吸い込まれていった。


——人生のピークとは、いつのことを言うのだろう。

一年前の俺は、それを高校生の頃だと思っていた。

冴えない男だったけれど、部活動に明け暮れ、仲間に恵まれ、毎日が楽しかった。なにより隣には好きな女の子がいた。その子の笑顔を見ているだけで心が浄化されるような、やさしい気持ちになれた。

でも、今は思う。

人生のピークは過去じゃない、今であるべきなんだと。

過去は過去ですばらしいものだけれど、なによりも大切なのは、今。いつだって、今が頂点であることがなによりも幸せなんだ。

そう思えたのはこの一年間、どんな状況でも笑顔の彼女を見てきたからなのだろう。


「……何度見ても、茶番すぎるな」

すっかり日の暮れた夜の七時、俺は自分のマンションの部屋でぼんやりとパソコンを見ていた。

モニターには、一年前にアップした動画が流れていた。

再生数、五十二。公開から一年が経って五十二とは、あまりにひどい数字だ。明らかに身内しか見ていない、内輪ウケの、単なる思い出動画。

それでもリコが喜んでいるのは幸いで、それだけでこの動画の価値はあったのだと思う。

「でもうれしかったなぁ。私、自分の台本でみんなに演じてもらうのが夢だったから」

「あー、リコの本、いつもボツだったもんな。でもリコは演技力あるから演者で良かったと思うけど」

「でも私は台本書きが第一志望だったの！」

〝私の台本で劇をしてくれないかな〟

リコがユウダイにそう相談したのは、この動画を撮る二か月前のことだったという。

ユウダイはカフェでリコの話を聞きながら、頭を悩ませていた。協力はしたいけれど、俺たち元演劇部のみんなはすでに社会人だ。力を貸してくれるかわからない。でもリコが持ってきた台本はオンライン飲み会を録画すれば簡単にできる内容だったため、やってみようということになったらしい。

メンバーはリコが選んだ。元演劇部で特に仲の良かったユウダイ、イチカ、そして俺。借金取り役の男はモニターが小さすぎてわからなかったけれど、元演劇部のハヤシだったようだ。

ようだ、というのは、俺はハヤシがこの企画に参加していたことを知らされていなかったからだ。

飲み会に参加したメンバーの中で唯一、俺だけには劇ということを内緒にされていた。

それもそうだ。だって俺は、高校生のときから演技力なんてないただの裏方だったんだから。

予算の中で衣装を用意したり、小道具の包丁なんかを手作りしたり、打ち上げの準備をする担当だった。正直台本なんか渡されてもまともに演技なんてできなかったと思う。

なのに俺を指定したリコは、多分……俺のツッコみ力を評価していたのだろう。ありがとうございます。

モニターの中では、動画が終わろうとしていた。

リコが借金取りに刺され、唐突にエンドロールが流れる。あまりにチープでメッセージ性もない、よくわからない動画だ。

でもこの映像を見返すと、俺はいつも涙が止まらなくなる。

情けない顔を見られたくなくて、フリー素材の主題歌を聞きながら机に顔を伏せた。

「……全部、うそなら良かったのにな……」

劇の中で、みんなが発表していた〝秘密〟。あれももちろんリコの台本だった。

ユウダイは借金なんか背負っていなかった。

今でも真面目に食品メーカーの開発部門で働いている。さすがは大手、借金どころかしっかり貯金できているらしい。ただ、いつかは自分の居酒屋を開くのが夢だと言っている。女子も来やすい、デザートが豊富なおしゃれ居酒屋だ。

イチカは超能力になんか目覚めてはいなかった。

まぁ、それは目覚めててもいいけど。映像の中のテレポーテーションはイチカの力ではなく、イチカとユウダイとリコがユウダイの実家にお邪魔して、家の中を移動してそう見せかけていただけだった。ユウダイはリビング、イチカは自室、リコはキッチン、どうりでみんなバラバラの場所にいたわけだ。

リコも、予言者の血なんて引いてはなかった。

リコに予言なんて、できなかった。

そのはず、だったのだけど……。

「……ごめんね」

リコがつぶやく。俺は目がかゆいふりをして涙をぬぐい、ゆっくりと振り返った。

リコは、俺のスマホの中で困ったように笑っていた。

彼女とは今、ビデオ通話で繋がっていた。ただその背景は、飲み会のときに何度も見てきたリコのマンションではない。

橙色の照明が灯る部屋の中、リコは静かにベッドに横たわり、俺とその向こうのモニターを見ていた。

「なんで謝んの」

「うそなら良かったのになぁ、って思って。みんなの気持ち、暗くしちゃったよね」

「そりゃ、うその方が良かったけど。リコはなにも悪くないよ」

誰も悪くない。だけど涙は勝手に出てくるから、俺はまたモニターの方へと目を向けた。

〝私の台本で劇をしてくれないかな。私が亡くなる前に、最期の思い出として〟

ユウダイはそう言われて、ひどく戸惑ったという。

リコは病気を患っていた。もう助からない状態だった。だからユウダイにだけ事情を話し、心残りだった自分の台本の劇を実行した。俺は映像が完成するまで、そのことについてなにも知らされなかった。

あとになってユウダイから真実を聞かされたときのことは今でも忘れられない。あまりの絶望に、目の前が真っ暗になった。

しばらくしてリコは病状が悪化し、ホスピスに入ることになった。俺は時間を見つけては彼女に会いに行った。休みの日にはホスピスを訪れ、会えない日でもオンラインで彼女と繋がった。

この一年間、俺はずっとリコのそばにいた。

でも、この状況がいつまでも続くわけじゃないことはわかっている。

「ヒロキくん、泣かないでよ」

「アホか。泣いてない。……これ、演技だから」

「そうなの？　ヒロキくん、役者でもいけるね」

くすくすと笑う、リコの声が部屋に響く。時折顔をしかめてつらそうにするのに、それでもリコはすぐに表情を戻し、会話を続ける。

どんな状況でも今を楽しもうとするリコは、やっぱり幸せの象徴だ。

「私ね、そういえば秘密の話があったんだ」

もう一度目もとをぬぐって、リコを振り返った。

「……動画の続きかよ」

「うん。話しちゃおっかなぁ。でも、話すには条件があるなぁ」

「なに?」

「ヒロキくんの秘密、聞かせてほしい」

言われて、言葉が詰まった。

俺の、秘密……。

この状況で〝秘密〟と言われたら、飲み会をした夜のことしか思い浮かばない。

でもあのとき、俺は酒が入っていた。

だから、秘密を話そうと思えたのだ。それにあの夜はユウダイとイチカが絶えず騒いでいて、不思議な高揚感もあった。そういう色々な要因が俺を後押しして、あんなことを言いかけてしまったのだ。

今はリコとふたりきり。誰も遮《さえぎ》るもののない、しんと静かな部屋の中で急にそんなことを言われても困ってしまう。

だけど……。

……もし俺の言葉で、この先のリコがもっと笑顔になってくれるのなら。

もし、あの夜からリコが、俺の言葉の続きを待っていてくれたのだとしたら……。

「……俺、高校の頃からずっと……リコのことが、好きだよ」

長い間伝えられなかった言葉が、するりと唇からこぼれ落ちた。

急に恥ずかしくなって、後ろを向く。モニターには動画の最後の画面が表示されていて、オフショットとして記録していた四人の笑顔が映し出されていた。

リコは、俺の青春だった。

かけがえのない、大切な存在だった。

でもこれからは、楽しかった高校時代を懐かしむのではなく。

昨日までの過去に想いを馳せるのではなくて。

リコと一緒に、この幸せを更新していきたい。

この瞬間、そしてこの先も、リコと楽しい時間を作っていきたい。

もしリコも、同じ気持ちなら……。

そんなことを考えていると、後ろから声が響いた。

「……私もね。高校の頃からヒロキくんのこと、ずっとずっと、好きだよ」

振り向くと、リコは頭まで布団をかぶっていた。

恥ずかしいのか、布団の中でうなりながらもぞもぞと動いている。そんな彼女の仕草がかわいらしくて、つい笑ってしまった。

リコ。

どうか、その笑顔をたやさないで。

これからの日々も、ささやかな幸せを感じていてほしい。

俺と一緒に、穏やかな時間を過ごしてほしい。

いつかこの世界に別れを告げる、その日まで……。

布団の中で顔を真っ赤にしている彼女を思い浮かべながら、俺はこの先のふたりの未来を見つめていた。

僕と彼女は共犯だった

遊野　煌
Kou Yuuno

…

一週間前、学年一の美少女である東山莉緒《ひがしやまりお》が死んだ。

――『盗ってごめんなさい』そう書かれた一枚の便箋を机の中に残して。

東山は僕らの高校で間違いなく一番の美人だったと思う。そして容姿だけじゃない。頭脳明晰で運動神経も抜群だった。そんな東山は日々、学校内外から交際の申し込みがあったようだが特定の恋人ができたという話は聞いたことがなく、学校一の美男子でも振られたと聞いたときは心底驚いた。

顔も身長も至って平凡で、特に他人と比べて秀でたところといえば少しだけ勉強ができることくらいしか見当たらない僕なんか、東山に相手にされないことなどわかりきっていた。でも人知れず入学してからずっと密かに東山が気になっていたのは事実である。

同じクラスの東山の姿はどんなに教室の隅に居ても、大勢でごった返す朝礼のときでもふと気が付けば目で追ってしまう。


『浜野《はまの》くん……私……』

あの日、東山が屋上から飛び降りた日、最期に彼女と会話したのは間違いなく僕だった。

『東山は悪くないよ……』

『でも……』

『大丈夫……僕らは共犯だから』

その僕の言葉に一瞬、彼女が引き寄せられたように僕の瞳を真っ直ぐに見つめた。

『そうだね、ずっと共犯だよ……』

これは僕と彼女の最期の会話の一部分。そしてこのことは僕と東山の一生の秘密だ。

東山がこの世からいなくなってしまった今、僕が口を閉ざしている限り誰も東山と僕の歪《いびつ》な関係に気付く者などいないだろう。


――そう僕らは永遠に共犯だから。

――ガラッ
僕は、けだるい身体を引きずりながら見慣れた教室の引き戸を開く。まだまばらにしか来ていない同じクラスの生徒を眺めながら名前順に指定された席に座ると、学ランのズボンのポケットからスマホを取り出した。ここ一週間は特に僕は、暇さえあればあるサイトと保存しておいた写メを交互に眺めている。

あるサイトとは、『みんなの伝言板』と呼ばれるものだ。『みんなの伝言板』は僕らの高校に通う全生徒が利用できる無料サイトで、学校行事での写真掲載や学級閉鎖、休校の連絡など学校に関する情報はこのサイトを通じて知ることが可能だ。さらには生徒であれば誰でも匿名で自由に書き込みができるとあって、学校で起こった出来事はこのサイトさえ覗けばほとんどのことは網羅できる。

「浜野大夢《ひろむ》くーん。それ東山莉緒の手紙見てんの？」

後ろから聞こえてきた声に僕は慌てて振り返った。見れば夏木《なつき》健介《けんすけ》が日に焼けた顔で僕のスマホを覗き込んでいる。僕はあわててスマホの画面を暗くした。

「健介なんだよっ、ひとのスマホ覗くなよ」

「いやー、やっぱ恋愛に興味ない大夢も東山は別格だった？」

「別に……東山の自殺の原因が、わからないから気になるだけ……同じクラスだし、席だって真後ろだったし」

「マジでいい女だったよなー」

「あっさり振られたクセによく言うよ」

健介は僕らと同じ水泳部に所属していた東山に、去年の合宿の際に告白して見事振られている。

「まあな。でもまさか東山が自殺するなんてな……あんな手紙遺してさ」

僕は椅子の背もたれにもたれながら、隣の席に鞄を置き教科書を仕舞っていく健介をチラッと見た。

「なぁ、大夢。あの手紙……あれほんとに東山の直筆だと思うか？」

東山が自殺した翌日の朝。東山が屋上から飛び降り自殺したこと、さらに遺書として机の中に一枚の便箋が遺されていたことが『みんなの掲示板』に匿名で書き込みされて、学校内は騒然とした。未だに学校内は東山の自殺で持ち切りだ。

「僕にはわからない……健介はどう思う？」

「なにが？　ほんとに自殺かどうかってこと？　それとも遺書のこと？」

僕はトクトクと早くなっていく鼓動を抑えつけながら、健介へと言葉を吐き出した。

「……両方だよ」

思ったよりも低く掠《かす》れた声になった。健介もいつものふざけた顔から真顔になる。

僕は『みんなの掲示板』に掲載された東山の遺書とされる便箋の画像をスマホに浮かべた。

「大夢、それわざわざ写メしてたんだな」

「あ、うん……」

その手紙は掲載されてすぐに学校関係者の何者かによって削除されてしまい、今は閲覧することができない。

「アップした奴もわかんねぇけどさ、削除した奴と同一かな？」

「どうだろう……わざわざ遺書をアップするくらいだから、アップしたひとと削除したひとは違う気がするけど」

「成程な、てゆうか、そもそも遺書をアップしたのって誰だろうな。投稿予約機能で東山本人がアップしたっていうひともいれば、遺体の第一発見者だっていう奴もいるしさ」

「SNSってそこがこわいよね。結局匿名っていう隠れ蓑《みの》で誰でもそのひとに成りすますことができるから……真実は闇の中だよ」

ぼそりとつぶやいた僕の言葉に健介が「成りすましねぇ」と気のない返事をした。

「結局、窃盗犯も捕まってねぇしな」

健介の言葉に僕は首を縦に振った。

東山の自殺だけでもショッキングな話だったが、手紙に書かれていた『盗ってごめんなさい』という文言に、その頃頻発していた校内窃盗事件が重なって、学校内外から東山の死と窃盗事件への関与に対して説明を求める声が多くあがった。だが結局、東山が犯人だったという証拠はなにもなく、未だに校内窃盗事件と東山の死が関係しているのかも、東山がそもそも犯人なのかもなにもわかっていない。

「でも俺は東山じゃない気がするんだよな、金盗ってた奴……」

「健介はなんでそう思うの？」

「え、なんだよ。大夢は東山が窃盗犯だって思ってんのか？」

「そういう訳じゃないけど……誰だってひとには言えない別の顔があるんじゃないかと思ってさ」

「なぁ……俺は、っていうか俺たちが同じクラスで、さらに同じ水泳部だった東山を仲間として信じてやらないでどうすんだよ」

（仲間……か）

健介の「仲間」という言葉に最期に話したときの東山の顔が浮かぶ。

「そうだね……でもさ。こんなこと言ったらなんだけど……東山が死んでから……盗られたって話を聞かないし、東山もよく部活に遅れてきてたから……」

僕の言葉に健介がなにかを思い出したように一瞬、目を見開いた。

「健介？」

「あ、いや実はさ……俺さ東山にフラれてからもなんか気になってたっていうかさ……」

「あ、うん……」

「くそカッコ悪りぃから誰にも言ってなかったけど……放課後、東山が部活遅れてくんのは男でもいんのかなって、何度かあとをつけたことがあるんだ」

「えっ……」

健介が唇に人差し指を当てた。

「誰にも言うなよ」

「言わないよ。それで？　あとつけて、なにかわかったの？」

「あ、いやつけたのは三回くらいなんだけどさ、東山必ず図書室に行ってたんだよな」

健介の言葉に、僕は一瞬で以前閲覧した、この学校の裏サイト掲示板『みんなの裏掲示板』のことが頭に浮かぶ。

「図書室？　本なんて誰だって借りに行けるし借りたくなることもあるんじゃないの？」

僕はできるだけ先ほどまでと同じトーンで言葉を返した。まさかあの裏サイトへの投稿が健介だったとは驚きだ。健介はどこまで知っているんだろうか。

「それがさー、東山が入ってから少し間をおいて図書室入るんだけど、いくら捜しても東山見当たらなくてさ。はじめは入っていく東山と誰かを見間違えたのかと思ったけど、三回も見間違えるなんておかしいだろ？」

「……そうだね、それだけ聞くと……なんか学校の怪談みたいだけど？」

「茶化すなよ」

「あ、ごめん。で、東山については？　図書室に行ってたけど中に入ると本人を見つけられなかったことの他には、わかったことはなかったたってこと？」

「まー、そうだな。今思えば、図書室に入って行ったのが東山だったとしても俺も部活あって、東山が図書室から出てくるまで待ってた訳じゃねーし。でもなんか匂うっていうか、俺が見たあれって大事ななにかの断片なんじゃないかって」

（成程。健介は東山が図書室に行ってたことは知ってたが、それ以上は知らないってことか……）

僕は内心、盛大に胸を撫《な》で下ろす。あのことは僕と東山だけの秘密だから。

「それにしても健介がそこまで気にするのも珍しいね」

「だろ？　やっぱ惚れてたんだろうな。でも、あのときの東山の顔も印象的でさ。普段クールビューティーで近寄り難いイメージだけど、なんかこう柔らかいっていうか、嬉しそうって言うかさ……あんな顔するんだって」

「恋だね」

「おい、俺は真面目に言ってんだから、お前も真面目に聞けよ！」

健介に睨《にら》まれると僕は眉を下げてから真面目な顔をしてみせる。そして話の論点をすり替えるべく脳みそをフル回転させる。

「気を悪くしないでほしいんだけどさ……個人的には東山が図書室に行ってなにしてたかどうかよりも、窃盗事件に関与してたかどうかの方がやっぱ気になるけどなぁ。

実際、東山が死んでから、窃盗事件について『みんなの掲示板』にも裏アカにも情報なにも上ってこないし」

「あぁ、そうだな、たしかに。あれ以来被害者、出てないよな。ただ仮に東山じゃないとしたら、犯人も潮時って薄々気付いたのかもな。被害額がかなり多くなってきてたから……ＰＴＡの方から圧力かけて、そろそろ警察に相談しようかって話になってたみたいでさ」

「えっ、そうなんだ」

「あぁ、ここだけの話な」

健介が僕に近づくと声のトーンを下げた。

「健介のお母さん、ＰＴＡ会長だったよね」

確認するように訊ねた僕の質問に、健介があからさまに嫌そうな顔をした。

「多額の寄付してるからって、でしゃばりすぎなんだよっ。親父もあのひとにはなにも言わねぇしな」

「ごめん。あんまり聞かれたくないことだったよね」

「いや、いいよ。俺の母って言うか、親父の後妻っていうのは……このへんに住んでりゃ誰だって知ってることだしな」

健介の実家は建材卸売りの工務店を経営していて、曾祖父の代から大きな山を三つほど所有しており、上質なヒノキが手に入ることから大きな建築メーカーとの取引も多く自宅は二百坪ほどある。

「でも窃盗犯もさー、たかだか数万盗ってどうすんだろうな。俺はそんな、はした金で犯罪者になるのはごめんだけどな」

「数万って大金だよ。健介にとっては小銭感覚でも」

「ま、親の愛情は貰えないけど金だけはいくらでも貰《もら》えるからな」

健介は今日もお札で分厚くなった財布を振って見せた。

「うらやましいことだよね」

「どうも。てゆうか大夢、腕の調子どう？　大会一か月後だぞ」

健介は、いたずらっ子のような顔でにんまり笑うと僕の利き腕に嵌《は》められているギプスをトンと突いた。

「なにすんだよ!!　健介っ！」

僕は驚いて大きな声を上げた。一か月前に自転車で転んだ僕は利き手の右腕を骨折しており、まだギプスが取れない。

「おー、悪い悪い、その調子じゃ大夢の水泳部復帰はまだ難しそうだな」

健介が残念そうに首を捻った。

「……ったく。うん、今度の大会は絶望的かな。優勝は健介に託すよ」

「おう、大夢と勝負できないのは残念だけどな、優勝は任せとけ」

健介が唇を持ち上げると拳を突き出した。僕も左の拳を握ると健介の拳と合わせてグータッチをする。

「健介とグータッチとか久しぶり」

「たまにはいいだろ。あ、大夢、先生来たぞ」

健介が廊下に目を移しながら席に座りなおすと前を向いた。

すぐにガラリと教室の扉が開き、英語教師兼担任の光川《みつかわ》千紘《ちひろ》が入ってくる。

「起立ー、礼」

学級委員の声が響き、俺たちは一斉に頭を下げた。

光川はこの高校に僕らが昨年新入生として入学したのと同時に、隣町の高校から赴任してきた。年はまだ二十代後半で綺麗《きれい》なアーモンド型の奥二重に、長めの前髪を揺らし後ろは刈り上げられていて清潔感がある。髪色は光に当たると、ほんのり青みがかるブルーブラックに染められていて、細身の紺色のスーツにセンスのよいチェックのネクタイをあわせている。

爽《さわ》やかな見た目で整った顔をしている光川は女子生徒たちからの人気が絶大で、光川が水泳部の顧問とあって今年は昨年の二倍もの水泳部への入部希望があった。十人程入った一年生の新入部員は全員女子だ。

「じゃあ出席をとっていきます」

光川は涼し気な顔で黒い出席名簿を開くと、ア行から順番にクラスの生徒二十九人の名前を淡々と読み上げていく。いつものようにナ行の健介が呼ばれて数人を挟み、ハ行の僕が呼ばれる。

「……浜野、浜野大夢」

「はい」

僕は光川に辛うじて聞こえる程度の声で返事をした。その時、光川の切れ長の目と視線がかち合ってなぜだかドキンとする。いつもより僕と視線を合わせている時間が長いのは気のせいだろうか。僕は以前から光川のなんでも見透かすような、鋭く冷たい視線が苦手だった。光川は何か言いたげな不気味な眼差しを僕に向けながらも、再び視線を名簿に落とした。

「次は……東山……」

その言葉に教室内に微妙な空気が流れる。クラスの数人が僕の後ろの席をチラッと見たのがわかった。

光川がわざとらしく咳払いすると、次の出席番号である船川《ふなかわ》の名前を呼ぶ。つい先日まではハ行から始まる僕の名前が呼ばれたあとは、同じハ行の苗字を持つ東山莉緒の名前が呼ばれ、僕の真後ろには東山が座っていた。僕は鼻を掠める百合の匂いに誘われるように、半身振り返って東山が二度と座ることのない席を眺めた。

東山の机には自殺した翌日から誰が持ってきたのかわからない、百合の花束が生けられた花瓶が置いてある。

「……では今日も……欠席者なしだな。では授業を始めます」

光川は左手で器用にチョークのカツカツという音を響かせながら、流麗な文字で黒板にアルファベットを書いていく。その長い薬指には銀色の指輪が光っている。

「今日はＧＥＴの使い方から……ＧＥＴ＋動詞で、～されるという意味になります……具体的な例としては……教科書の……ページ参照しながら……一例としてＧｅｔ＋Ｃｏｍｐｌｉｃａｔｅｄで拗《こじ》れる～の意味となる」

（拗れる、か）

僕と東山の関係は、クラスで同じ水泳部の仲間というなんの変哲のない関係から、いつしか歪で拗れ、罪にまみれた関係になった。僕は百合の花に最期の東山の笑顔を重ねあわせながら、スマホの中に仕舞ってある誰にも言えない僕らの秘密に想いを寄せた。

僕と東山はＬＩＮＥを交換したあの日までは、一度も会話らしい会話はしたことはなかった。というより、僕なんかが高嶺の花の東山にとても話しかけることなんてできなかったという方が正しいだろう。そんな僕が東山とひとには言えない秘密を共有し、まさか共犯になるなんて誰が想像できただろうか。

——あれは夏休み明けの九月の初旬だった。

その頃から学校では、頻繁に生徒の財布から現金が抜かれる事案が発生していた。それは決まって部活動の間、ロッカーに置いてある鞄から抜き盗られているのだ。

僕はその日も骨折のせいで泳ぐことができず、マネージャー業務に勤しんでいた。

昨年マネージャーを担当していた先輩が卒業してから、残った部員は皆選手として水泳部に在籍したがったため、マネージャーがいなかったのだ。まだ日差しがきつい中、水の中に入ることもできず拭っても拭っても垂れてくる汗と、べたついたTシャツに不快感を感じながらも僕は部員の個人タイムをひとりずつ正確に計測していく。

「……はぁ、はあっ……何秒っ!?」

「健介、絶好調じゃん！　昨日より〇．三短縮！」

「はぁっ……ま……じか……良かった」

僕は健介にストップウォッチを見せながら、プールサイドへと上ってきた健介の背中にバスタオルをかけた。

「サンキュ」

「おつかれ。呼吸おちついたらストレッチしよっか」

「だな」

ふたりで並んでプールサイドに座りながら空を見上げる。今日は嫌味なほどに雲ひとつない青空だ。健介の呼吸が静かになったのを確認してから僕は健介の後ろに移動し、健介が座ったまま身体を伏せるように足を伸ばしていくのに合わせて、そっと背中に力を加えていく。

「……なぁ、大夢。一体誰だろうな」

「ん？　それって窃盗事件のこと？」

「決まってんだろ！　もうここ一週間連続じゃん……痛っ」

「連日『みんなの掲示板』に被害が掲載されるね。昨日は水泳部の部員だったよね。犯人は僕もわかんないけど……健介ちょっと身体固くなった？」

鍛え上げられた上腕二頭筋をこれでもかとつま先に向かって伸ばしていた健介がなんとかつま先を指先で掴《つか》むとため息と共に身体を起こした。

「あぁ身体痛ぇ。てゆうか昨日の水泳部員の窃盗被害者、俺だし」

「えっ！」

「おい、声でかいって」

「ごめん」

健介はプールサイドに胡坐《あぐら》をかくと晴れ渡った空を見上げながら、二重の目をきゅっと細めた。僕は骨折した右手のギプスで挟むようにしてスコアボードを持つと、健介の隣にしゃがんだ。

「別に金なんていくらでも親から貰えるからいいんだけどさ、やっぱ盗られるといい気しねぇわ」

「そりゃそうだよ」

「あーっ、俺の八万円盗んだ奴、誰だよ！　ムカつくな。ま、見せしめに犯行推定時間と一緒に掲示板に事細かく情報上げたし、なんらかの目撃情報が寄せられて犯人捕まるといいんだけどな」

「うん、はやく捕まってほしい」

眉を下げて不安げな顔をした僕の顔に気付いた健介が白い歯をニッと見せた。

「そんな顔すんな。じきに捕まるって。それに犯人が大夢だけじゃねぇことだけは間違いねぇしな」

「健介？」

健介が唇を引き上げるのを眺めながら僕はギプスを嵌めた腕を見つめた。

「あ、ほんとだ。利き手がこれじゃあ、盗りたくても盗れないや」

「でもだんだん左手で文字書くの上手くなってきてんじゃん」

「まぁ、多少ね」

僕はガタガタと揺れているスコアボードの数字を見ながら眉を下げる。

「ま、真面目な大夢に限って、骨折してなくてもひとの金盗るなんて思ってないからさ」

健介はバスタオルを羽織りなおした。

「……ねぇ健介、今思ったんだけどさ、犯人って主に放課後の部活中に犯行に及んでるよね、ってことは部活動してない生徒なのかな？」

僕の言葉に健介が顎に手を当て神妙な顔をしている。

「うーん、たしかに部活してなかったら盗りやすいけどさー、それだと部活してない奴、全員犯人の可能性出てくんな」

「どのくらいいるんだろ？　部活してない生徒」

「うちは生徒数多い方だからなー、最低でも百人以上はいるかもな」

「百人以上か、その人たち全員のアリバイ証明して犯人特定するの難しいね……」

僕は照りつける太陽を掌でさえぎって日陰を作りながら、目を細めて健介を見つめる。

「大夢、これはただの勘だけどさ、犯行時間のあと部活に遅れてくる生徒の方が俺的には怪しく感じるんだよな。なんとなくだけど」

「そうなんだ。僕はどっちかといえば部活してない生徒かなぁ。犯行終えたらすぐ帰れるし」

「あっ、たしかにな！　盗ったらさっさと帰宅できるし、やっぱ部活してない奴かな……ん？　またはそもそも生徒じゃねぇとか？」

「えっ？　先生の可能性もあるってこと？」

健介がギロリとプールサイド奥から出てきた人影を睨んだ。健介の視線の先をたどれば、担任であり水泳部顧問の光川がTシャツにジャージの短パン姿で入ってくるのが見えた。英語教師のクセに、ちゃっかり身体は鍛えているらしくTシャツの袖から覗く盛り上がった腕は逞《たくま》しい。

「なぁ、大夢。光川先生って、いっつも遅れてくるよな」

「あ、そういえばそうかな？」

僕は健介の言葉を聞き返した。

「明日の授業の準備とか言ってさ、物理の先生とかならわかるけどさ、英語教師がここ最近毎日部活に遅れてくるのも不自然だし、そもそも英語教師が授業の準備ってなんなんだよ」

春から新規で入ってきた一年生の女子部員たちが、すぐに蟻《あり》のように光川の周りに群がっていく。

「先生、バタフライの手の動き教えてください」

「あ、私もー」

耳障りな黄色い声に囲まれながら、光川が爽やかにほほ笑むと円になって女子部員たちに指導を始める。

健介が俺の耳元でそっと囁いた。

「なぁ、『みんなの裏掲示板』知ってるか?」

『みんなの裏掲示板』という名称に僕は聞き覚えがあった。覗いたことはないが表の『みんなの掲示板』は事実や起こった事柄しか記載ができないが『みんなの裏掲示板』では、本名をもじって真実かどうかもわからない学校内の生徒、教師にまつわる噂話が大量に投稿されているらしい。

「うん、聞いたことあるけど……どれも噂の域を出ないっていうか……誰かと誰かが付き合ってるとか、パパ活してるとか……どれも匿名投稿だし根拠のない話ばっかのイメージかな」

「まあ、そんな感じだな。あ、そういやこの間は東山がパパ活してるとかって書いてあったな」

「それ、やっかみじゃない?」

「たぶんな。俺も全部が全部信用してるわけじゃないけどさ、この間、友達に言われて見てみたら光川の実家が会社経営してて倒産?したらしくて今も借金あるって書いてあったし、二年前結婚した、どっかの会社の社長令嬢の奥さんとは金目当てだったとかなかったとか」

「え？　そうなの!?　じゃあ先生、お金に困ってるってこと？」

「さあな。でも火のないとこに煙は立たないってよく言うじゃん。俺そもそも光川嫌いなんだよな。なんでも持ってそうに見えて」

健介が光川からようやく視線を外すと両肩をゆっくりと回し始めた。

「たしかにね。顔も良いし、スタイルもいいし教師してるくらいだから頭もいいしね」

「そうそう、裏アカどおり社長令嬢と結婚もホントだったら、アイツが持ってないの金だけだったりしてな」

健介が、ふんと鼻を鳴らすとバスタオルを肩から羽織りなおす。

「ってことで、アイツの顔見たらなんかどっと疲れたし今日はもう上がるわ」

「そっか。健介お疲れ」

「おう、大夢また明日な」

掌をひらひらとさせると健介が光川の横を軽く会釈して通り過ぎていく。健介がシャワールームへと消えていくのを確認してから僕は静かに拳を握った。

そう、はたから見れば欲しいものはなんでも持っている光川のことが僕も嫌いだった。事情はどうあれ結婚し、仕事にも恵まれ、なに不自由なく生きている光川に僕は妬ましさしかない。

世の中はいつだって不公平だ。神様は人間を等しく創ったなんていうがそんなの嘘だ。弱い人間がいて強い人間がいて、不幸な者がいて幸運な者がいる。全部全部不平等だ。等しいものなど、この世界のどこにもない。

だから……なにも持ってない奴は、どう足掻《あが》いたって、持っている奴のようにはなれない。それは多分一生。無限ループのように続いていく。


——だから持ってないなら盗りにいくしかない。自らの手で。


「浜野くん、タイム測ってくれない？」

ふいに後ろから聞こえてきた声に僕はあわてて振り返った。紺色の生地に身体の側面にだけ蛍光黄色ラインが入った競泳水着を身に着けた東山が、こちらに向かって微笑んでいる。女子の競泳水着姿など見慣れているはずなのに東山の水着姿だけはなぜだか直視できない。

僕はスコアボードに視線を移す。そこには部員のスコアと一緒に部活への出欠が記録されているからだ。僕は東山の名前の欄に『遅刻』と記載してから出席に〇印をつけた。東山はここ最近、部活に遅れてくることが多い。

「東山、今日も遅いからもう休みかと思ってたけど」

「ここ最近忙しくて部活遅れがちだったんだけど……今日からまたちょこちょこ参加できそうだから」

その東山の忙しかったという言葉に、健介からのパパ活の話が頭によぎって僕はあわてて脳みそからかき消した。

「そうなんだ。えっと、タイム計るの僕でいいの？　東山いつも別の子に計ってもらってたよね」

「いつもは後輩にタイム計ってもらってるんだけど、いま誰も手が空いてそうもないから浜野くんにお願いしようかなって」

東山の視線をたどれば、プールサイドで光川の周りではしゃいでいる後輩女子部員たちの姿が見える。東山はふわりと笑うと僕の瞳を真っ直ぐに見つめた。

「だめかな？」

東山の瞳に見つめられるとトクトクと鼓動が勝手に早くなって居心地が悪い。

「僕で良かったら」

「ありがとう」

東山の笑顔に心臓がぎゅっと締め付けられる。これがなにを意味するのか。今後、僕の心の中がどんなふうに変化していくのか、このときの僕はわからなかったんだ。

東山へのあこがれから始まった淡い想いが、気付けば捻じれて歪んで憎しみと嫉妬に作り変えられてしまうことを。


僕は部活が終わると夕日が沈むのをぼんやりと眺めながら、買い物袋をぶら下げ自宅のドアノブを捻った。

「ただいま」

疲れた身体をひきずりながら靴を脱げば、薄暗いリビングから父の声が聞こえてくる。

「大夢、帰ったのか」

「うん……」

電気を点けようとして一昨日、電気を止められた事実を思い出した僕はスイッチから指を離した。

「はい、今日の晩ご飯」

父とこうして質素な食事をするようになって二か月が経つ。僕はスーパーの特売だったひとつ七十八円の菓子パンを父に渡すと、水道水をグラスに注いでコトンと置いた。

「悪いな……」

「いいよ、別に。僕こそごめん、高校バイト禁止だから……特売のパン探すくらいしかできなくて」

「お前はなにも悪くない……頭のいいお前に……父さんが、ふがいないばかりにごめん……今の工事現場で成果を出して契約社員にして貰えるよう……父さん頑張るよ」

「無理しないでね……父さん」

「あぁ、お前もな」

うちには母親がいない。僕が生まれて少ししてから病気で亡くなった。父は祖父の代から引き継いだネジ工場を経営しながら、僕のことを男手ひとつで大切に育ててくれた。そんな父が友人から融資の件でだまされて、多額の借金を背負ったのは今から二か月ほど前だ。

「来月には電気代も払えるはずだから……今月だけ電気なしでこらえてくれ」

父が白髪の交じった頭をこちらに向けると俯《うつむ》いた。工場も土地も売って借金はずいぶん減ったがまだ百万ほどある。僕らからしたら百万円は大金だ。

「学費は……母さんの生命保険でなんとか支払いできているから気にするな」

「わかった」

僕はグラスの水をゴクゴクと喉を鳴らして飲むと父の顔を眺めた。

「どうかしたか？」

「いや……父さん夜の仕事……慣れたかなって……」

父は、朝は新聞配達、昼は工事現場のバイトをしてさらに夜も金を稼ぐために出かけていく。家賃に生活費、携帯代とどんなに節約しても月十万はかかってしまう。少し痩せた父の姿に僕はなんとも言えない感情が渦巻いて、語尾を濁すとメロンパンに噛り付いた。

「……あぁ、少し慣れてきたよ。手順とタイミングさえ見誤らなければ問題ない」

父はあっという間に菓子パンを胃に放りこむと、汚れた作業着から工場を経営していた頃の一張羅《いっちょうら》のスーツに着替え、髪を整えた。

「……行ってくるよ」

「え？　いつもより早くない？」

僕は薄暗い部屋にかかっている壁かけ時計に目を凝らす。時刻は十九時を回ったところだ。

「……金曜だからな、どこに仕事が転がってるかわからないし、ここに居ても一円にもならんしな。行ってくるよ」

「気を付けてね……父さん」

「あぁ、今夜も遅くなるから先に寝てていいから」

父は大きな掌を僕の頭にポンと置くと、マスクをつけて玄関扉から出ていった。扉の閉まる音に僕の深いため息が重なる。もう何度、父が夜の仕事に出かけるたびにこうしてひと知れずため息を吐きだしただろうか。

――『ひと様の迷惑にだけはなるな。ひと様のモノにだけは手を出すな』

厳格な家で育てられ、真面目で曲がったことが大嫌いだった父は借金を機に変わった。いや、変わらざるを得なかったと言った方が正しいだろう。食べるために。生きるために。僕のために。

父は夜になるとひたすら終電まで電車に揺られ続ける。そうして酔っぱらって眠ってしまった乗客のポケットから財布を抜き取るのだ。なで肩の父の背中を見送って玄関扉の閉まる音がすれば、途端に家じゅうがシンとして孤独と不安が背中に張り付いてくる。

「……ごちそうさまでした」

僕は誰も居ない部屋で手を合わせるとグラスをシンクに置き自室のベッドに寝転んだ。いつもこうして食事を終えてから眠りにつくまでの時間が苦痛で仕方ない。ふと自分がなぜ存在しているのかわからなくなって、無性に泣き出したくなる。月明かりを見ながら滲《にじ》んできた視界を遮るように腕で両目を覆ったときだった。

ブルッとスマホが震えた。

――『お疲れ様、今日はタイム計ってくれてありがとう』

僕は勢いよくベッドから起き上がると、スマホの画面に釘付けになった。今日の部活の帰り道、東山から部活に遅れる際は連絡するから出席ということにしておいてくれないかと頼まれ、ＬＩＮＥ交換をしたのを思い出す。

（まさか東山から、わざわざ連絡が来るなんて）

なんてことないメッセージなのに鼓動はすぐに早くなる。

『全然、お安い御用だよ。まだ暫《しばら》く骨折治らないからマネージャー業務引き受けるし、部活の出欠のことなにかあれば連絡して』

二度、目でなぞってから送信すればすぐに既読がつく。

――『ありがとう。実は早速なんだけど……月曜日用事があって少し部活遅れそうなの。出席ってことにしておいてくれる？　遅れるけど必ず行くから』

その東山のメッセージの文言に違和感を感じる。

（ん？　遅れるけど部活には来れる用事ってなんだ？）

月曜日は、東山は日直でもなければ、担当している美化委員会がある日でもない。

気になった僕は思い切って東山に訊ねた。

『学校のなんの用事？』

なるべく短くサラッと送ってみた。既読がつくと先ほどより少しだけ遅れて返信がくる。

――『ちょっと補習で。恥ずかしいから皆には内緒にして欲しいんだけどいいかな？』

僕は思わず顔が紅潮して口元を覆った。

いつもテストで学年トップの東山が補習を受けていることに驚いたが、そんなことよりもこのときの僕は東山とふたりだけの秘密を共有したことが嬉しかった。

『わかった、誰にも言わない。僕と東山の秘密だね』

――『うん、ふたりだけの秘密ね』

その言葉と共に可愛らしいウサギのペコリと書いたスタンプが送られてきて、僕らの会話は終了した。

「骨折してみるもんだな……」

骨折していなければ部活のマネージャー業務を引き受けることも、東山と連絡先を交換することもなかっただろう。

僕は右手に固定されたギプスを眺める。僕は八月半ばに骨折した。夏祭りからの帰り道、自転車で走っていた僕は細い路地に入ったときに、前から来た自転車を避けようとして電信柱に激突して転倒。全治二か月の右手首の骨折だ。担任の光川に聞かれた僕はたしかそう答えたと記憶している。

「骨折が完全に治るまで……遅くてもあと一か月半か」

僕はそっと手首を動かしてみる。ぎこちなくゆっくりと上下させながら、僕はふっと笑った。そして、ふと健介から聞いた『みんなの裏掲示板』を思い出して開いてみる。表の『みんなの掲示板』は青空をバックに校舎が映っている爽やかなバナーだが、『みんなの裏掲示板』のバナーは夜空に満月と夜の校舎が映ったもので、なんともいえない不気味さがある。

僕はすぐに今までの投稿内容を確認していく。すでに誰かの通報によって削除されたのだろう。日にちがぽっかりあいているところも目立つ。

「窃盗事件についての新着は健介の匿名での被害報告以外はなし、か」

僕はブツブツと、ひとりごとを言いながらスクロールしていく。

「ん？　東山莉〇のパパ活情報？」

大量の匿名での書き込みの中に、東山の名前を見つけた僕は隅から隅まで視線を流していく。そこには東山が放課後サラリーマン風の男性とホテルに入っていくのを見たという情報や、東山の自宅とされる戸建てがモザイクをかけられた状態で掲載されている。僕は眉間に眉を寄せながら通報ボタンを押していく。どの情報も東山自身が言ったわけでも、実際に証拠として撮られた写真があるわけでもない。どうせ東山への嫉妬からのでっち上げだ。

「んっ……⁉」

次々と通報ボタンを押していく中で僕は思わず声が突いて出た。その添付されている画像を拡大してよく観察する。

『東山莉○が放課後あたりを見渡しながら図書室に入っていく。今日で二回目の目撃だ。中に入って捜すがいつも見失ってしまう。一体なにしてるんだろう』

匿名の投稿者から寄せられた情報は今から少し前のことだ。添付された画像は隠し撮りのようで女子生徒の横顔が小さく映っている。図書室に入っていくところだと思われるが、この粗い画像だけでは東山本人かどうかはわからない。ただ僕が見る限り背格好や髪の長さなどかなりよく似ている。

「図書室ねぇ」

僕は再びベッドに身体を預けると、東山のメッセージをもう一度眺めてから眠りについた。

翌週、僕はいつものように教室に入り席についた。先日のＬＩＮＥのやり取りのせいもあり僕はなんとなく東山の姿を捜す。

「大夢ー、おはよう」

いつもの明るい声が聞こえてきて顔をあげると、僕は日に焼けた顔に挨拶を返す。

「健介おはよう」

「誰、捜してんの？」

健介は前から思っていたけれど、意外とひとの行動をよく見ていて些細《ささい》な変化によく気付く。

「別に誰も捜してないよ。眠くて、ぼーっとしてただけ」

「ん？　そうか？　大夢がいつになくキョロキョロして見えたから」

「僕、人間観察好きだからさ」

「あー、たしかにそうかもな」

健介も隣の席につくと教科書をさっと仕舞い始めた。僕もギプスを嵌めた腕に注意しながら何事もなかったかのように机に教科書を仕舞っていく。教室を見渡すが東山の姿はどこにもない。

――キーンコーンカーンコーン
予鈴が鳴ったと同時に皆が席につき始める。それと同時にガラリと教室の引き戸が開いて僕は目を見張った。

「おはよう、みんな席についたかな？」

ストライプの入った紺色のスーツに、水玉模様のネクタイを締めた光川と一緒にプリントを抱えて入ってきたのは東山だった。

（なんで光川と……）

別に今までも光川が授業前に、プリントのコピーを手伝った取り巻き女子たちと一緒に教室に入ってくるのを何度も見かけたことはあったが、東山がそうしているのを見かけるのは初めてだった。どちらかと言えば、僕の目には東山自身は光川と関われば自分が取り巻きからの中傷の的になるのがわかっているようで、部活でも教室でも極力距離を置いているように見えていた。

健介も同じことを思ったようで、すぐに体を寄せて耳打ちしてくる。

「おい、光川はこっそり東山まで手なずけてたのかよ。プリントぐらい自分で持てるくせにさー、毎度毎度よくやるよ」

光川は東山からプリントを受け取ると、にこりと微笑みながら「ありがとう」と唇を動かすのが見えた。東山が僕の後ろの席に戻って来るのを見て健介がさっと離れる。東山は背筋をピンと伸ばして、いつものように長い黒髪を揺らしながらこちらへ歩いてくる。いつもなら机に俯いたまま東山が通り過ぎるのを待つが、僕は気付かれない程度にそっと目線だけ東山の方へと向けた。

（あ……）

東山は僕とぱちりと視線を合わせると、わずかに大きな目を細めた。その瞬間、自分の心臓がどくんと跳ねたのがわかった。僕は顔が熱くなるのを感じながら、すぐに教科書に視線を戻して左手でシャーペンを握った。

「じゃあ教科書の二十一ページの単語から読み合わせていこうか」

光川の声と共に制服のズボンに入れてあるスマホが震える。

（もしかして……）

僕はスマホを取り出すと机と膝の間でメッセージをこっそり確認する。

『なんか私と浜野くんのふたりだけの秘密って照れるよね。部活遅れるけど必ず行くから待っててね』

僕はどうしたらいいかわからない程に顔が紅潮して、全身から汗が噴き出ていた。東山がこのメッセージを送ってきたのに深い意味も僕への特別な気持ちもあるわけない。それでも一度高鳴った僕の胸は、光川の授業が終わるまでずっとうるさいままだった。

放課後、僕は誰もいなくなった教室で黒板掃除に勤しんでいた。本来、黒板掃除は日直の仕事だが、骨折のせいで早く部活に行っても特にすることもなく、暑さを耐えるだけの僕は日直の代わりに毎日黒板掃除をかってでていた。

――ブーッブーッ。

静かな教室にふいに鳴り響いた音に僕は振り返った。音がしているのは僕の席の方だ。ゆっくりと自分の席に行くと、その音は東山の机の中から聞こえている。音が途絶えたのと同時に僕が机をのぞき込み、東山のスマホに手をかけ持ち上げたときだった。

「ダメッ!!」

「え?」

その声の主は、あっという間に僕の目の前に立つと僕から物凄い勢いでスマホを奪い去った。

「ごめん。東山、机の中にスマホ忘れてたみたいだから……部活のとき渡そうと思って」

すぐに東山が頭を下げた。

「私こそごめんなさい。好きなアイドルを待ち受けにしてて……その、恥ずかしくて」

「東山もアイドルとか興味あるんだね」

「……恥ずかしい」

「あ、揶揄《からか》ってるんじゃなくて、その今どきの女の子なんだなって。そういうの興味ないのかと思ってたから」

東山と話しているとすぐに全身が熱くなってくる。僕は額の汗を腕で拭った。そんな僕を見ながら東山は長い髪を耳にかけるとクスッと笑った。

「私だってひと並みにアイドルも恋愛も興味あるよ、みんなクールとかって言うけどね」

東山がいたずらっ子のように笑う。

「全然知らなかった。このことも内緒にしておくから」

「ありがと。じゃあ部活だけど出席でお願いできる？　遅れるけど必ず行くから」

「うん、わかった。補習がんばって」

「あ、うん」

「えっと……ちなみになんの補習なの？」

東山との秘密をもっと増やしたくて、つい余計なことまで聞いてしまう。

「……物理なの。じゃあまたあとでね」

「あ、うん」

東山はふわりと髪を靡《なび》かせると、くるりと僕に背を向けて教室の扉から出ていく。

甘い髪の残り香だけが残る教室で僕は首を傾げた。さっき補修科目を訊ねた際の東山の表情もそうだが、補修科目そのものに違和感を感じたからだ。東山は理系が得意でいつもテストの順位発表では、上位五番以内に入っているところしか僕は見たことがない。補習科目が国語や英語ならまだわかるが、物理だと話した東山の言葉は本当だろうか？

僕はあたりを見回してから悪いと思いつつ、東山の机の中から教科書をひっぱりだすとざっと確認していく。

（国語、数学、歴史、物理……）

「あれ……？　物理の教科書が……ある？」

僕は補習を受けたことはないが、健介が補習の際は教科書とノートがいると言っていたことがあるのを思い出す。

（……東山は一体どこに行ってるんだ？）

僕は教科書を仕舞うとあの場所へと向かった。なるべく早歩きでかつ足音をたてないように、四階の図書室へと向かっていく。図書室に近づくにつれて、パタパタと足音が小さく聞こえてくる。僕はより慎重に階段を登りながら、図書室への曲がり角で息をひそめた。図書室の戸が開く音がしてそっと覗く。僕は図書室に入っていく人物を見て目を大きく開くと深呼吸した。

（やっぱり東山だ！）

東山が静かに戸を閉めてから、手元の時計で三分数えると僕は図書室の引き戸を同じように静かに開けた。放課後の図書室には初めて来たが、思っていた以上に利用している生徒は少ない。僕は最奥の書棚沿いに曲がる東山の後ろ姿を見つけると本を選ぶフリをしながらあとを追った。

（あれ……？）

東山が向かったのは図書室の一番奥まった場所だが、辞典が数列並んでいるほか誰もいない。

「え？　たしかにここに入ってきたのに」

僕はすぐに端から人影を捜していくが、誰も見当たらない。

（どういうことだ？　入口はひとつしかないのに）

東山が忽然《こつぜん》と姿を消すなんてことあるのだろうか？

そのときだった。天窓の隙間から風が吹き込んできて甘い香りが鼻を掠めた。その香りは間違いなく先ほどの教室で嗅いだ東山の髪の匂いと同じだ。

（この匂い……東山は外に……出た？）

慌てて周りを見渡せば、一か所だけ外へと通じる引き戸があるのが見えた。僕はしゃがみ込むと指をひっかけぐっと開く。思ったよりも固い。僕は両手で一生懸命こじ開けると、身体を折り畳むようにして外に出た。

——そのとき、足元からパキンと音がする。

「なんだこれ？　悪戯《いたずら》か？」

見れば授業などではあまり使われない青いチョークが真っ二つに折れている。僕はチョークを蹴っ飛ばして端に追いやると、すぐに左右を確認する。

「左は図書室が続いているだけで行き止まりか。ってことは東山が行ったのは右？」

左右を確認すると、ところどころエアコンの室外機が置いてあるが、ひとひとりなら十分に移動することができる。

「すごいな。隠し通路みたいだ」

僕は、はやる気持ちを抑えつけながら右手へ進んでいく。

（図書室の反対側って、トイレと……）

そこまで考えて僕の心臓は嫌な音を立てて動きだす。僕は慎重にエアコンの室外機をすり抜けながら、右奥のその部屋を目指した。そして僕はその部屋の前にたどり着くと、身をかがめながら窓のカーテンの隙間から中を窺った。

「待って」

聞こえてきたその声に、僕の全身の毛が逆立って心臓が痛いくらいに跳ね上がる。

僕は口元を覆うと呼吸を止めた。

「好きだよ」

低く穏やかで色気のある男の声が響く。

「……私も」

カーテンが風にゆらりと吹かれて、差し込んだ光が薄暗い部屋の中をところどころ照らし暴いていく。

「莉緒、好きだよ」

「私も先生が大好き」

ふたつの人影がゆっくりと重なり、口づけを交わす姿が見える。僕の位置から東山の顔ははっきりと見えたが、長身の男は後ろ向きだった。それでも、僕はここが光川が個室として使用している英語準備室だということと、僅かな光の中に青みがかった黒髪が見えて、東山の相手は光川だと確信した。僕は一歩前へ踏み出すと、二人の姿を動画撮影しはじめていた。

――ブーッ、ブーッ
僕が撮影に夢中になっていたそのとき、父からの着信でスマホが震える。僕は手元から滑り落ちたスマホをコンクリの床すれすれでキャッチするが、その際、壁に接触し制服のシャツが擦れた音がした。

(あ、やばっ!)

僕は、しゃがみ込んだ姿勢のまま数歩後ずさりすると、そのまま図書室の方へと早歩きで向かっていく。行きと同じように引き戸を開くと、中にひとがいないか確認してから室内に戻り、急ぎ足で図書室をあとにした。階段を駆け下りながら、まだ心臓はどくどくと音をたてて自分がひどく興奮しているのがわかる。

（まさか……東山が光川とデキてたなんて）

僕は玄関ホールまでたどり着くと、校舎の陰で先ほど撮影した動画を確認する。薄暗くて光川の顔ははっきり映っていないが、もうひとりの顔は誰が見ても東山だとわかった。セーラー服からのぞく真っ白な細い腕、憂いを秘めた瞳、光川を見つめるその姿に嫉妬と興味が入り乱れる。

（この動画をＳＮＳに上げればお金になる？）

ふと、よぎった考えに僕は首を大きく振った。いくらなんでも東山の秘密を金に換算するなんてひととしてどうかと思う。この動画が僕と父を救うかもしれないが、それと同時になんの罪もない東山の人生が終わるも同然だ。

（ん？　罪がない……？）

そのとき、僕の握りしめていたスマホがＬＩＮＥメッセージを受信する。相手は父だ。

『昨日は終電まで粘ったがうまく盗れなかった。今月の借金の返済が今日なんだ。あと二万、どうにかして手に入れてから帰るから夕飯はいらない』

父からのメールに昂《たかぶ》っていた感情が一気に沈下する。僕は父に『わかった』とだけ返信すると呼吸を整えながら水泳部の部室へ向かった。

部室にたどり着くと、手元の腕時計を確認する。

(部活が始まってから……ちょうど三十分か)

僕は掃除用具からモップを取り出すと男子更衣室をノックする。返答がないのを確認してから扉を開けると、僕は更衣室の小窓からプールサイドを確認した。水泳部は男子十名、女子は十五名だ。プールサイドでストレッチを終えたあともお喋りに夢中になっている、東山以外の十四人の女子の姿を確認してから僕は男子更衣室をあとにした。

僕は出て隣の女子更衣室の扉を開けるとドアノブに『掃除中』のプレートを引っかける。

「さてと……」

僕は本当は折れてなどいない右手首をクルクルと回してストレッチしながら、ロッカーの扉を端から開けていく。千円札は要らない。五千円札からだ。僕は三つ目のロッカーでようやく五千円札を見つけるとポケットに仕舞った。現行犯で捕まらない限り、ポケットに仕舞ったこの五千円札が誰のモノかなんて誰にもわからない。むしろポケットに入れた瞬間から、この金はもう僕のものだ。

ひとつ飛ばして、その次のロッカーに入っていたハートの金具がついたピンクの財布からも一万円を抜き取った。自分の財布には丁度、この間健介の財布から盗んだ金の残りが五千円入っている。

（よかった。これでちょうど二万円）

僕はロッカーの扉を右手でそっと閉めた。

「金に名前が書けなくて本当良かった」

「……本当にね」

（……っ!!）

ひとりごとのつもりだった呟きに言葉を返されて、身体がビクッと大きく震えると肩に担いでいたモップが、カランカランと音を立てて床に転がった。額から汗がつっと垂れ下がって、無意識に飲み込んだ生唾がゴクリと音を立てて喉を通過する。僕は小刻みに震えだした身体をギプスを嵌めた右手で押さえつけながら、恐る恐る振り返った。

「骨折してなかったんだね」

そこには黒髪を掻き上げながら、僕にスマホを向けて微笑む東山が立っていた。

「……はい、じゃあ今日の部活はここまで」

東山よりさらに遅れて部活にやってきた光川が、部活終了の挨拶をすると部員たちは次々とシャワー室へと消えていく。

「大夢、また明日学校でな」

「あ、うん。健介また明日」

　僕は健介に向かって無理やり口角を上げた。僕の動悸はずっと収まらない。東山に動画を撮られたすぐあと、プールサイドから僕のことを捜す声が聞こえてきたため、僕は慌てて女子更衣室をあとにし、そのまま部活に参加した。

　東山は部活中もなにも言わず、他の部員と共に光川に挨拶をするとさっさとシャワーを浴び更衣室に入ってしまった。

（東山は、あの動画どうするつもりなんだ？）

　僕は部員全員がいなくなったプールサイドで光川とふたりで片づけをしていく。光川がブラシで排水溝に水を押し流していくのを眺めながら、積み上がっているビートバンを片づけ、飛んできた落ち葉やビニール袋を拾い上げてゴミ袋に纏《まと》めていく。

　今、僕が窃盗犯として捕まれば父が罪を犯したことが水の泡だ。父は勉強だけは他人よりもできる僕にいい大学に入学し、学歴をつけて自分のような底辺の生活ではなく、安定したひと並みの幸せのある生活を送って欲しいと涙ながらに話してくれたことを思い出す。

（父さんのためにも捕まるわけにはいかない。なにかいい方法は？）

――「先生っ！」

僕がその声の方を見れば、ふたりの女子部員が濡れた髪を振り乱しながら光川に駆け寄っていく。その後ろにはタオルを肩にかけた東山の姿があった。

「どうした？」

「お財布の中の五千円がなくなってるんです」

「なんだって!?」

光川の表情がすぐに険しくなる。ボブの女子部員の隣のショートカットの部員も声を張り上げる。

「私は一万円抜かれてたんです！」

手に持っているハートの金具がついたピンク色の財布が目に入り、僕は反射的に視線をそらした。東山がその子の隣に並ぶと光川と一緒に財布をのぞき込んでいる。

（まずい。どうしたら……きっと東山は……）

光川はプールサイドをぐるりと取り囲むフェンスにブラシを立てかけるとポケットからメモを取り出し、女子部員たちから細かく話を聞いては書き留めていく。そしてショートカットの部員が東山を振り返った。

「あの莉緒先輩、誰か見てないんですか？」

「なんでもいいんです、莉緒先輩が気になったことあれば教えてください」

後輩部員たちの言葉に東山が光川の方へ歩み寄ると唇を開いた。冷や汗を通り越してシャワーを浴びたかのように僕の全身は汗でぐちゃぐちゃだ。

東山は今から話すのだろう。僕が金を盗んでるところを見たこと、骨折なんてしてなかったこと。さらには僕の盗みの証拠映像をスマホで撮影したことを。

僕はぐっと唇を噛み締めた。

「……ごめんなさい……誰も見てないんです」

東山が申し訳なさそうに、か細い声でそう答えるのが聞こえた。一瞬聞き違いかと思った。

「東山、部室の前とかでも誰か見なかったのか？」

「はい。誰もいませんでした」

東山は小さく答えるとすぐに俯いた。

「そうか……わかった」

光川は東山の言葉に短く返事をすると、後輩部員たちに「学校で調査するから」と帰宅を促した。すぐに東山が後輩部員たちを連れてプールサイドをあとにする。僕は東山の後ろ姿が見えなくなるまで目で追っていた。

「浜野」

僕は誰もいなくなったプールサイドに響いた、光川の声に勝手に体がビクッと跳ねた。

「え？　……先生……なんですか？」

光川がメモをポケットに仕舞いながら僕を見下ろした。

「浜野は誰か見ていないのか？」

「それは……僕を疑っているってことですか？」

「なぜそう思うんだ？」

「えっ……」

光川への返答に戸惑っている僕を光川が不思議そうに眺めている。

「浜野はここ最近、黒板掃除をかってでてくれているだろう？　他の部員より多少遅れてきたんじゃないかと思ってね」

（あ……そういう意味か……）

「えっと……もしなにか見ていたら、さっき後輩が先生に話してるときに僕が見たこと話してたと思います」

「ようは誰も見てないってことか」

光川は僕から視線を外すと、顎に手をかけなにかを考えているような表情を見せた。

「浜野、このことは学校で対応するから他言しないように」

「はい、わかりました」

僕は光川の視線がやっぱり苦手だ。笑っていそうに見えて笑っていないような温度のない瞳の奥に吸い込まれそうになって、僕は不自然に視線を逸らしてしまう。

「それにしても、だいぶ腕、良くなったようだな。もうすぐ部活にも復帰できそうだ」

「え？　まだあと一か月はかかるかと……」

光川がククッと笑った。

「そんな訳ないだろう。今だって右手の掌を握りしめているじゃないか。それだけ力が入るようになったなら、もうじき泳げるようになると思うよ」

僕は気付けば緊張によって無意識に握っていた右の拳を解くと、ゆっくりと掌を広げたり閉じたりする。

「だいぶ良くなってきましたけど……やっぱり動かすと痛みがあるので、まだかかるかなって……」

「浜野は若いから思ってる以上に身体の回復も早いはずだよ。若いっていいね。なんでもできる。なんでもゆるされる」

「え？」

「お疲れ様、もうあがっていいから。気を付けて帰りなさい」

僕の疑問符に光川が爽やかな笑みを返すと、ブラシを片手に用具室へと足を向けた。

僕がロッカーから鞄を持って玄関ホールへ行くと、靴箱入れに背中を預けている東山がいた。

（あ……やっぱり、僕を待ってたんだ……）

僕が東山にかける言葉を選んでいるうちに東山が人差し指を立てた。

「ここじゃなんだし、屋上で話さない？」

「……うん……」

東山は慣れているのか、屋上へ最短経路で向かうと階段をどんどん登っていく。僕は黙って二歩下がって東山についていった。ようやく見えた屋上への扉には南京錠がぶら下がっている。

「あれ……鍵、ついてるけど？」

僕がようやく発した言葉に東山がクスッと笑った。

「大丈夫だよ。鍵かかってるように見せてるだけで壊れてるから」

「東山はなんで知ってるんだ？」

「内緒」

僕が東山に続いて屋上に出ると、東山はすぐに屋上の真ん中に寝転んだ。

「ねぇ。浜野くんの右手、折れてなかったんだね」

「…………」

僕は東山の隣に並ぶのは気が引けて、黙って古びた手すりに右手をかけた。その瞬間、ふいに身体がバランスを崩しそうになる。

「あっ……」

僕の手元を確認すれば、ネジがひとつどころかふたつほど外れていて、少し力を込めれば手すりごと屋上から真っ逆さまに落ちてしまいそうだ。

(あぶな……)

「浜野くん？　どうかしたの？」

「あ、いや。えっと……そうだよ、折れてなんかない」

「どうしてか聞いてもいい？」

僕は迷ったが正直に東山に家の事情を話した。


「……なんで光川に……僕が盗ったこと言わなかったの？」

東山は上半身を起こすとスマホをポケットから出した。

「ねぇ、浜野くん撮ってたでしょ？　私と光川先生のこと」

押し黙った僕を見ながら、東山が僕の上靴を指さした。

「え？　なに？」

「ふふっ、浜野くんの上靴に青いチョークついてるよ。私、誰かが来たらわかるようにわざとチョーク置いておいたんだ」

目を見開いた僕の顔を見ながら東山が笑う。

「先生と会ってるとき窓の外に気配感じて、すぐに追いかけたんだけどいなくて。でもところどころに床についてる青いチョーク辿《たど》ったら、水泳部の部室前だったから驚いた。私と光川先生のこと水泳部の子にバレちゃったんだって……でも」

「……僕が……お金盗ってるの見て安心したってこと？」

僕が言葉の続きを言うと東山が夕焼け空を見上げながら微笑んだ。

「っていうか、私と浜野君は仲間なんだ、って思って嬉しかった」

「仲間？」

「うん。私も浜野君も他人のモノを盗ってるでしょ」

(たしかにそうだ。僕は他人の金を、東山は他人の旦那を盗っている)

「だから？　東山が言ってるのは、お互い黙ってようって話？」

「ちょっとだけ違うかな、秘密の共有って感じ？　自分だけが罪を犯してると思うと苦しくなりそうだけど誰かも罪を犯してると思うと、心が少しだけ和らぐ気がするから……ようは私たちは共犯ってこと」

「僕と東山は共犯？」

「そうだよっ」

僕は夕日に照らされながら笑った東山を心から美しいと思った。そしてこの日が僕らが共犯になった最初の日だった。


それから瞬く間に二週間が過ぎ去った。僕は他人の目を欺き、盗みを繰り返した。

そして東山もまた光川との秘密の関係を続けていた。

(今日も疲れたな……)

僕は誰もいないリビングで菓子パンを頬張る。ふいにテーブルの上に置いていたスマホが震えた。

――『浜野くん、お疲れさま。今日も部活出席扱いにしてくれてありがとね』

僕は東山からのLINEにすぐに返信する。

『お安い御用だよ』

――『おかげで今日も彼と過ごせて嬉しかった』

僕は東山からの返信に眉を顰《ひそ》めた。

「なにが彼だよ。光川に利用されてんのがわかんないのかよっ」

僕は掌をぎゅっと握りしめた。

「生徒と先生とかありえないだろっ!」

僕は東山に『笑』スタンプだけを送ると、菓子パンを胃に流し込み自室のベッドに、ごろんと寝転んだ。そして僕はポケットからスマホを取り出すと、今日盗み撮りした映像を再生する。

　僕は東山と共犯になって以来、盗みをする前は必ず英語準備室を訪れ、ふたりの逢《あい》引《び》きを盗撮するようになっていた。

『先生、そのネクタイ似合ってる』

『莉緒がプレゼントしてくれたネクタイだから、俺も気に入ってるよ』

　僕の心はふたりの幸せそうな笑顔に少しずつ確実に蝕《むしば》まれて黒ずんでいく。僕は東山の甘えるような声や光川だけを映す大きな綺麗な瞳を見るたびに、いつの間にか、それが自分だけに向けられたいと渇望するようになっていた。

（僕の方がよっぽど東山を理解できるし大事にできるのに……）

　僕は『みんなの裏掲示板』を開くと暫くその画面を無表情で眺めた。僕のゆらゆら揺れていた心は、すぐに己の欲望に忠実な方へと傾いていく。

（いいよな。ちょっとくらい東山を困らせても。それにこれを機に光川と別れてくれたら一石二鳥だし）

　僕は『みんなの裏掲示板』に匿名で、ある書き込みをすると緩む口元をそのままに声を出して笑った。


――翌日、僕がいつものように放課後ひとりで教室の黒板掃除をしていたときだった。

「浜野くん、ちょっといい？」

僕は緩みそうになる口元を引き締めると、さも驚いたような顔をしながら、その声に振り返った。

「東山どうしたの？」

「うん。今日は浜野くんに相談したいことがあって」

「相談？　いいよ、なに？」

東山は廊下に誰もいないことを確認してから教室の扉を閉め、僕の目の前までやってくる。

「浜野くん、共犯のことなんだけど……私ね……」

「うん。東山、大丈夫？」

東山は小さく頷くと目じりに涙を浮かべながら、制服のスカートから自身のスマホを取り出した。

「これ、見て欲しいの」

「『みんなの裏掲示板』？」

「うん……」

僕はすぐに東山のスマホを覗き込むと、そこに並んでいる匿名の投稿に眉を寄せた。

「東山がパパ活中？　……相手は同じ学校の教師の○川⁉　ふたりが放課後、学校の裏で抱き合っているのを目撃……なんだよこれっ！」

僕は語尾を強めると東山にそっとスマホを返した。

「こんなの東山への嫌がらせだろ？　証拠もないくせに面白おかしく書いてるだけだって」

「そうかもしれないんだけど。でもね、先生が……」

「え？　光川にこのこと話したの？」

僕はそう言いながら、ポケットからハンカチを取り出すと東山に手渡す。

「ありがと。先生に話したら、暫くは学校では距離を置こうって言われちゃって……」

「そうなんだ。この匿名投稿は東山に嫉妬した女子生徒からの僻《ひが》みだと思うしさ、あんま気にしなくてもいいとは思うけど……」

「え？　どうして投稿したのが女子生徒だと思うの？　私、てっきりよく男の子から告白されるから……その男の子の誰かかなって」

僕は咄嗟《とっさ》にすぐに東山に同調して見せた。

「あ、そうかも！　いや、僕が女子生徒って言ったのは光川人気あるからさ。なんとなくそう思っただけで」

「私、女の子の前では先生とは極力会話しないようにしてるから……多分書き込みをしたのは、私が知ってる男の子だと思うんだけど」

僕は吹き出した額の汗を腕で擦った。その瞬間、東山がふっと笑った。

「え？　どうかした？」

「浜野くん今、右手で汗拭ってたよ、ダメじゃない。バレちゃうよ」

「あ、ホントだ。気を付けるよ」

東山が頷くと僕にハンカチを返した。

「……でね、私暫く部活休もうと思うの」

「休んでどうするの？」

「うち、お父さんが不動産会社経営してて、勉強用にマンションの一室を借りてくれてて」

僕はそこまで聞いて首を振った。

「だめだよ！　その部屋で会うつもり!?　マンションに入るとこ誰かに見られたらどうするんだよ！」

「大丈夫！　私は部活出ずにそのマンションに向かって、先生は部活のあと寄ってくれることになってるから」

僕は心の中で盛大に舌打ちをする。

「僕は反対だよ！　この際、先生と距離を置いた方がいい。今の世の中、誰がどこでなにを見てるかわからないだろっ！　そもそも不倫は犯罪だ！」

「……なんで？　なんで急にそんなこと言うの？　浜野くんだって周りを欺いて罪を犯してるくせに！」

「僕は持ってる奴から分けて貰ってるだけだ！　それに分けて貰わなきゃ、僕と父さんは生きていけない！　でも東山は違うじゃないか！」

東山が大きな瞳から大粒の涙をいくつも流す。

「ひどい。共犯だと思ってたのに……浜野くんには……がっかりだよ！」

東山は僕に背を向けると教室の扉を開け放って出ていった。

「クソッ……なんでわからないんだよっ！」

僕は苛立ちの感情をむき出しにして、黒板消しを掴むと床に強く投げつけた。黒板消しが大きな音を立てて目の前に転がる。

「……浜野？　大丈夫か？」

（え……？）

僕は静かに聞こえてきた声にゆっくりと振り返った。

「光川、先生……」

光川は僕に歩み寄ると床に転がっている黒板消しを拾い黒板のへりに乗せた。

（まさか……僕が咄嗟にギプスをしてる右手で投げたの……見られた？）

心臓が飛び出そうなほどに爆音を立て始めて足が震えてくる。光川が僕と視線を合わせると、ふっと笑った。

「いつも黒板掃除ありがとう。その手じゃ、大変だろう？」

「いや……全然です」

「そうか、大丈夫ならいいんだが無理はするなよ」

光川は端正な顔で涼し気に微笑むと、自分の机の方へと歩いていく。

（バレてない。良かった……）

僕は垂れてきた汗を左の掌で拭うと、学ランのズボンでゴシッと拭いた。

「浜野……出席名簿見なかったか？」

「名簿ですか？」

光川が自分の机を探しているのを見ながら僕は教卓の中をのぞき込む。

「こっちにはないいな」

「先生、こっちにありました」

光川が僕の声に振り返ると出席名簿を受け取った。

「やっぱり忘れてたのか。助かったよ」

「いえ」

「じゃあ、またあとで部活でな」

光川の切れ長の目が獲物を狙う蛇のように見える。

「はい」

僕は光川の姿が見えなくなっても暫くその場から動けなかった。真綿で首を締められるように、少しずつ確実に僕の罪が暴かれようとしている気がして怖くて仕方なかった。


翌日、東山は珍しく学校を休んでいた。何となく理由は僕のような気がした。

（そんなに僕と顔を合わせたくないのかよ）

僕は左手をぎゅっと握りしめた。僕は今日、東山に会ったら昨日は言い過ぎたと詫びるつもりだった。

（っていうか、謝る必要もないのかも。大体、罪犯してんの東山の方だし）

僕は悶々としながら自分の机に教科書を仕舞っていく。

「大夢！　大変だぞ！」

「え？　健介どうしたの？」

僕が顔を上げると、健介が汗だくの顔をこちらに近づけながら小さな声で囁いた。

「窃盗犯、水泳部員かもしれないらしいぜ」

「え……？　それ……どういう」

「これ見ろよ、昨日深夜に投稿されてた」

健介の差し出したスマホを覗き込むと、『みんなの裏掲示板』に投稿された窃盗事件についての新着コメントが目に飛び込んできた。

『連続窃盗犯がついに判明か⁉ 水泳部員が怪しいとの目撃情報！』

僕は二度ほど読むと、乾いた口内からなんとか言葉を吐く。

「な、んだよ。これ……デタラメだろ？ よりによって水泳部員なんてさ……」

「俺もそう思ったんだけどさー、犯人らしいヤツの写真が写っててさー」

「どれっ⁉」

「え？ これだけど？」

僕は健介から奪うようにしてスマホを凝視したあと、背中に汗が流れるのがわかった。画像は粗く胸から下までが映っているが拡大してもこれでは誰かわからない。でも僕にはわかる。それは間違いなく僕自身だ。

なぜなら——上履きにかすかに見える青いチョーク。

よってこの画像は間違いなく僕であり、この画像と書き込みをしたのは僕が窃盗犯だと知っている人間だ。そして、そんな人間は僕と共犯関係にある東山、ただひとりだ。僕は怒りでどうにかなりそうな心を辛うじて抑え込むと、健介にスマホを返した。

「なんだ。これじゃあ水泳部員かどうかなんて、ちっともわからないじゃないか」

「まあな。でも犯人画像とされる投稿なんて初めてだったから興奮しちゃってさ。男が犯人ってことか？　そうかなーとは思ってたけど」

「どうだろ」

「大夢？　どうかしたか？　顔色悪い？」

「いや、なんか証拠もないのに嘘ばっか並べて、勝手に疑われてさ……ＳＮＳって怖いなって」

「まあな。顔が見えない世界だからこそ気軽に面白可笑しく書けるし、見てる方も楽しいんだけどさ。逆もしかりだよなー」

「だね。こんなデタラメで水泳部の仲間が疑われるのは癪《しゃく》だけどさ、やってないものはやってないんだし、堂々としてなきゃだね」

「お、いいこと言うね。たしかに大夢の言う通りだわ。そもそも男子部員は部活に遅れてくる奴、ひとりもいねぇしな。遅れてくる大夢は骨折中だし誰も盗れねぇな」

僕は健介が唇を持ち上げるのを見て、ほっとしながら微笑み返した。

僕は自宅に戻ると学校の鞄を壁に投げつけた。鞄の中から教科書や筆箱が飛び散るが、どうでもいい。自分の心の底から湧き上がってくる怒りと憎悪でどうにかなりそうだ。

「くそっ!!　畜生っ！　東山の奴裏切りやがって」

僕はすぐに『みんなの裏掲示板』を開くと、窃盗事件に関する全ての投稿に削除依頼をかけていく。

「さっさと消せよ！　バレたらどうしてくれんだよ！」

その上で、窃盗犯の真犯人は東山に嫉妬した光川信者の女子生徒の誰かではないかと、嘘の投稿をアカウントを変えていくつか投稿する。

「こうすれば少しは目くらましになるだろう」

そして僕は机の奥から去年の水泳部合宿の際の緊急連絡先として、しおりに記載されていた光川の個人情報を目でなぞった。

（今なら光川は東山と密会中……ってことは自宅にはいないよな）

僕はスマホとパソコンを特殊なケーブルに繋ぐと、位置情報がわからないように電波を遮断する。さらに僕が発した音声が通話相手には女子生徒の声だと認識するよう、音声変換をかけた。

（これでよし……）

僕と父は金に困った当初、初めはどこかの金持ちの家に泥棒に入ろうかと、今思えば無謀な計画を立てていたことがあった。狙った家に入る際に、電話をかけ留守かどうか確認するため、僕は詐欺グループがよく使う手口や方法を片っ端から調べ、さらにハッキングの勉強もした。ひとよりできる脳みそを犯罪を犯すためになんか使いたくはなかったが、僕は男手一つで大切に育ててくれた父を守りたかった。

結局、父と相談し、泥棒に入る行為は現行犯で捕まるリスクが犯罪データ上高いということで取りやめたが、まさかそのとき覚えたスキルがこうして役立つとは思いもよらなかった。

「なんでも無駄になるもんはないんだな」

僕は光川の自宅の番号をスマホにゆっくりと入力すると、躊躇《ためら》うことなくスワイプした。


──どのくらい眠っていたんだろうか。

目を閉じたままでもあたりが闇に染まっているのがわかる。僕が瞼を擦りながら薄目を開ければパソコンの光だけが見えた。

(もう、二十三時か……光川の家に電話したあと寝ちゃったのか)

僕は、ゆっくりと起き上がった。そのとき目の前に転がっていたスマホが震える。

──『浜野くん大丈夫？　裏掲示板に匿名の投稿あったから気になって』

僕は冷たいまなざしで、そのメッセージを一読した。

(自分が投稿しといて、よく言うよ)

『大丈夫だよ。あんなのなんの証拠にもならないし』

僕がメッセージを送れば、すぐに東山から返答がくる。

──『うん。私、たいしたことできないけど……削除依頼かけといたから明日には消えると思うから……』

（削除依頼なら僕もしたから、おかまいなく）

僕は『ありがとう』とだけ返事した。

──『全然だよ。実は私……浜野くんに謝りたくて』

東山からのメッセージに僕は目を見開いた。

（あれ？　僕に謝る？）

『なんで僕に謝るの？』

心の中そのままを東山に送れば、またスマホが震える。

──『浜野くんは、私を心配して先生とのこと真剣に考えて言ってくれたのにって。ほんとごめんなさい』

僕は混乱してくる。なぜなら東山が僕の秘密を裏掲示板に投稿した犯人なら、僕に謝罪をし再び共犯関係を続けたがる意味もメリットもないからだ。共犯関係を解消する前提で、僕のように相手を陥れるために秘密を暴露するのが一般的じゃないだろうか。

（まさか東山じゃない……？　いや待てよ、でもあの青いチョークの上履きをわざわざ画像であげてんだから……やっぱり）

僕は唇を噛み締めた。

（なに企んでるんだ？　とんでもない女だな）

僕は了解スタンプで東山との会話を終わらせた。

それから一週間、東山も光川も学校を休んだ。

副担任から光川が家庭の事情で休むと聞いたときは心の中で腹を抱えて笑った。そして僕は放課後、いつものように黒板掃除をしてから部活を終えると、誰もいない教室の廊下を歩いていく。

僕はポケットからスマホを取り出すと、さっき届いたばかりのスマホのメッセージを見た。

――『浜野くん、話があるの。今日部活終わったら屋上で待ってる』

（東山が……僕に一体、なんの話だろう……）

一週間ぶりに登校してきた東山は、明らかに睡眠も食事もほとんど取れていないのが丸わかりだった。

（悪いのはアイツらだ……だから、東山も光川も苦しめばいいいんだ……生きるために

必要な罪はゆるされて然るべきだけれど、そうじゃない罪は償わなければならない。僕は間違ったことなんてなにもしてない）

それでも東山からなにを言われるかわからない緊張と不安から、脇の下から汗が噴き出し止まらない。

（大丈夫、バレてるわけない）

僕は大きく深呼吸をして屋上の扉を開いた。

「あ、浜野くん……」

僕が扉を開ければ、すぐに東山が僕の名を呼びながら駆け寄ってくる。僕はその痩せた姿を目の当たりにすると、やはり心はズキンと痛んだ。

「東山……痩せたね」

「うん、色々あって……」

「で？　僕になんの話？　裏掲示板のこと？」

僕は東山の反応が見たくて、わざと裏掲示板のことを口に出した。

「え？　裏掲示板？　あのあと削除されてたから良かったと思ってたんだけど、私が休んでる間になにかあった？」

（ん？　どういうことだ？）

東山の態度は、『みんなの裏掲示板』に僕についての書き込みしたことなど、まるで忘れているかのように自然な振る舞いで、僕を心から心配しているかのような表情まで見せている。

（え、これ演技だよな？　そうまでして僕と共犯関係を続けたがるのはなんでだ？）

僕は戸惑いながらも東山に返事をする。

「……あのあと……すぐ投稿削除されたし、僕も表立った行動はしてないから……このまままみんな忘れていくと思うし、大丈夫だと思う」

「そっか……ほんと良かった」

東山は大きな目を細めると小さく息を吐き出した。

（どういうことだ……？　私じゃないアピール？）

「でね。今日は浜野くんに……相談があって……光川先生のことなんだけどね……」

「うん、なにかあったの？」

僕の言葉にすぐに東山の目から大粒の涙が転がった。

「浜野くん、私たちのこと……うちの学校の女子生徒に見られてたみたいで……奥さんにバレちゃったの……」

「えっ……」

（良かった……）

僕は滑稽なほどに驚きながら、東山の言葉と涙に心から安堵《あんど》する。

（完璧だ……僕が光川の奥さんに電話したことはバレてない）

僕は東山を気遣うように眉を下げるとハンカチを差し出した。

「これ、使って」

「ありがと……ぐす……」

「それで……どう、なったの？」

東山は僕から受け取ったハンカチで何度も目頭を押さえてから、唇を開いた。

「奥さん……すごく怒ってて……でも離婚はしないって……ただ、光川先生に教師辞めて、実家の会社を継ぐように要求してるの……」

「光川に教師辞めさせて……東山と光川を引き離すってことか」

東山の声は震えていてところどころ聞こえにくい。僕は東山に一歩近づいた。

「うん……でもね、光川先生、私に教師になるのがずっと夢だったって話してくれたの……その大切な夢を私のせいで……」

僕は脳みそをフル回転させながら、慎重に言葉を選んでいく。

「でもそれ……光川先生が教師辞めて奥さんの会社さえ継げば、東山とのことは水に流してくれるってことだよね？」

「先生が私を退学しないように奥さんを説得してくれて……先生こそ大変なのに私のことかなりかばってくれてて、私のことなんでどうでもいいのに……私はただ……私のせいで先生を辞めて欲しくないの……だからね……」

東山がポケットから一枚の紙を取り出した。真っ白の便箋には一行だけ文字が書いてあるのが見える。

――『盗ってごめんなさい』

東山は震える手でその手紙をそっと握りしめた。

「私……光川先生が教師続けられるように、奥さんに謝罪文を送ろうと思うの……でもこのあとがどうしても書けないの……先生のことが本当に好きだから……別れたくなくて、別れるなんてどうしても……考えられないの……」

その言葉に僕の全身の細胞が黒いものに浸食されて、心は濁って氷みたいに冷え固まった。

（なんでそこまでして光川なんだっ！　なんで僕じゃダメなんだ！）

東山が僕のものに永遠にならない事実に、こらえ切れない怒りが沸きあがってくる。

僕は便箋から東山に視線を移すと、さりげなく手すりに腕を預けた。

「浜野くん、私……どうしたらいい？　もうわからないの」

「わかる必要なんてないよ。ひとのモノ盗むのには訳があるし、大体、盗られる方が悪いんだ」

僕の低く静かな声に合わせて夕陽が沈み始め、オレンジの光と夜を仄《ほの》めかす藍の色が混ざりあっていく。東山が僕にそっとハンカチを返した。

「……そうだね……心にもお金にも名前が書けたら、誰にも盗られること……ないのにね」

「そう……誰にも盗られないようにね」

僕は隣に並んだ東山を見つめながら最後にそう言葉にした。僕がもし東山の心に名前を書けたなら、迷わず僕の名前を書くだろう。

そうして僕は歪んだ醜い想いを東山に伝えることができないまま、ネジの外れかけた手すりを強く押した。

「あっ……」

東山は小さく声を漏らすとバランスを崩し、彼女の華奢《きゃしゃ》な身体がゆっくりと宙に舞う。

僕のモノにならないなら、東山の心を盗むことができないのなら、誰のモノにもさせない。

――こうなることがわかっていたのだろうか?

僕と目が合った、東山の最期の顔は寂しげに笑っていた。

僕は足元に遺された便箋をハンカチで包んで拾い上げると、スマホで撮影してから東山の机の引き出しに入れた。

（早いな……東山が死んで一週間か……）

僕は今日も放課後ひとりで黒板掃除を黙々とこなす。ひとりきりの教室には東山の席から百合の花の匂いが漂ってきて、その甘い匂いに東山の髪の匂いを思い出す。

「東山……」

僕は東山の席に飾られている百合の花に触れた。

「僕の罪を被ったこと怒ってる？」

東山からの返事は勿論《もちろん》ない。

「でも僕らは共犯だった……それなら僕の罪被ってくれてもいいだろう？」

僕と彼女は永遠に共犯だ。どんなに複雑な糸が絡み合って解けなくなって歪な関係だったとしても、それだけは変わらない。

「……安心してよ。光川先生はちゃんと教員続けてるからさ」

僕はようやく百合の花から指先を離すと、ギプスを嵌めた右手をくるっと回した。

（さてと……今朝の健介の話もあるし……窃盗も潮時だよな）

僕は東山が死んで、東山に僕の罪を背負ってもらってから一度も金を盗っていなかった。

そのとき、スマホが震える。相手は僕の父だ。父からのメッセージには、あと一万円足りないことが記載されていた。僕はそのメッセージを見た瞬間、今朝見たばかりの健介の分厚い財布が頭を過った。

(これで最後にしよう)

僕は迷うことなく水泳部の部室を目指した。

僕は男子更衣室に入るとすぐに小窓からプールサイドを確認する。男子部員はすでに全員プールの中で、女子部員は光川と談笑しながらストレッチをしているのが見えた。

(今しかない……)

僕は健介の鞄を覗き、財布を取り出すと右手でチャックを開ける。

(すごいな……二十万はあるな)

カネが有り余るほどある健介は、きっと財布の中にいくら入っているかなど気にもしていない。また窃盗犯が東山だったのではないかという校内ムードの今、盗るのはきっと最後のチャンスだ。

僕は左手で一万円札を一枚だけ引き抜くと、ポケットに突っ込みすぐに財布を元通りに戻した。


——そのときだった。

ふいに僕のポケットの中のスマホが震えて動画が添付されたメールが届く。

（ん？　匿名？　誰だ？）

なんとも言えない嫌な予感がしてすぐに動画を開いた。僕は呼吸も忘れ、目を見開く。

「う……そだろ……」

僕は思わず、ギプスを嵌めた右手でスマホを持つと左手の指先で動画を拡大する。

全身がすぐにカタカタと震えて呼吸が荒くなる。

「なん……って……一体……誰がっ」

映っているのは一週間前、屋上で会話をしている僕と東山だ。動画には僕が手すりごと東山を転落させた様子がはっきりと残っている。

「そん……な……あの日、誰かが……僕たちを見てた……そして撮った……」

——ブルッ
「わあっ！」

続けて再び震えたスマホを落っことしそうになりながら声を上げた。

「こ、これ……」

小刻みに震える人差し指でタップすれば、そこには、たった一行の文字と一枚の画像が浮かび上がっている。

――『ひとのモノは盗ったらダメだよ』

左手の薬指に指輪の光る大きな掌で、真っ白な百合の花束が握り締められた画像だった。

(この百合……そして左手……まさか……)

そのとき、僕は部室の小窓から強い視線を感じてスマホからゆっくりと視線を上げる。

「……浜野、腕治って良かったな」

小窓から切れ長の目を細めると、光川が顔の横で自身のスマホを振って見せた。

そこには、つい数分前の僕が映し出されていた。

各先生へのファンレターの宛先

〒104-0031
東京都中央区京橋1-3-1　八重洲口大栄ビル7F
スターツ出版(株) 書籍編集部 気付
紀本 明先生/結木あい先生/夜野いと先生/
深山琴子先生/遊野 煌先生

#今夜全てを告白します

2023年10月28日　初版第1刷発行

編　者　スターツ出版

著　者　紀本 明 ©Akira Kimoto 2023
結木あい ©Ai Yunoki 2023
夜野いと ©Ito Yoruno 2023
深山琴子 ©Kotoko Miyama 2023
遊野 煌 ©Kou Yuuno 2023

発行人　菊地修一

発行所　スターツ出版株式会社
〒104-0031
東京都中央区京橋1-3-1　八重洲口大栄ビル7F
出版マーケティンググループ　TEL　03-6202-0386
（注文に関するお問い合わせ）
URL　https://starts-pub.jp/

印刷所　大日本印刷株式会社

Printed in Japan

ISBN　978-4-8137-9274-1　C0095

スターツ出版人気の単行本！

『神様がくれた、100日間の優しい奇跡』

望月《もちづき》くらげ・著

クラスメイトの隼都に突然余命わずかだと告げられた学級委員の萌々果。家に居場所のない萌々果は「死んでもいい」と思っていた。でも、謎めいた彼からの課題をこなすうちに、少しずつ「生きたい」と願うようになる。だが無常にも３カ月後のその日が訪れて——。

ISBN978-4-8137-9249-9　定価：1485円（本体1350円+税10％）

『僕は花の色を知らないけれど、君の色は知っている』

ユニモン・著

高校に入ってすぐ、友達関係に“失敗”した彩葉。もうすべてが終わりだ…そう思ったとき、同級生の天宮くんに出会う。彼は女子から注目されているけど、少し変わっている。マイペースな彼に影響され、だんだん自由になっていく彩葉。しかし彼は、秘密と悲しみを抱えていた。ひとりぼっちなふたりの、希望の物語。

ISBN978-4-8137-9248-2　定価：1430円（本体1300円+税10％）

『あの花が咲く丘で、君とまた出会えたら。』

汐見夏衛《しおみなつえ》・著

母親とケンカして家を飛び出した中２の百合。目をさますとそこは70年前、戦時中の日本だった。偶然通りかかった彰に助けられ、彼と過ごす日々の中、誠実さと優しさに惹かれていく。しかし彼は特攻隊員で、命を懸けて戦地に飛び立つ運命だった—。映画化決定！大ヒット作が単行本になって登場。限定番外編も収録！

ISBN978-4-8137-9247-5　定価：1540円（本体1400円+税10％）

『きみとこの世界をぬけだして』

雨《あめ》・著

皆が求める“普通”の「私」でいなきゃいけない。どうせ変われないって、私は私を諦めていた。「海いかない？」そんな息苦しい日々から連れ出してくれたのは、成績優秀で、爽やかで、皆から好かれていたくせに、失踪した「らしい」と学校に来なくなった君だった——。

ISBN978-4-8137-9239-0　定価：1485円（本体1350円+税10％）

書店店頭にご希望の本がない場合は、書店にてご注文いただけます。